ハヤカワ文庫JA

〈JA1179〉

グイン・サーガ⑬⑤

紅の凶星

五代ゆう

天狼プロダクション監修

早川書房

7481

A SCARLET STAR OF SINISTER
by
Yu Godai
under the supervision
of
Tenro Production
2015

カバーイラスト／丹野 忍

目次

本書は書き下ろし作品です。

大海《わだつみ》の淑女よ、
汝《な》が翼は風を抱きてひるがえり、
汝が裳裾は泡立つ水泡《みなわ》の綾なして
はろばろと瑠璃の舞踏場《おどりば》なす波間を支配す、
オルニウス、汝がしなやかなる竜骨《キール》は
いかな女《おみな》の白き首筋よりも尊し、
いかほどのますらおどもの魂《こころ》奪いしか、波濤の貴婦人、
なお貴《たか》く、いと無情に、海の女王よいざ誇らしくあれ。

――無名詩人によるオルニウス号への頌歌

〔中原拡大図〕

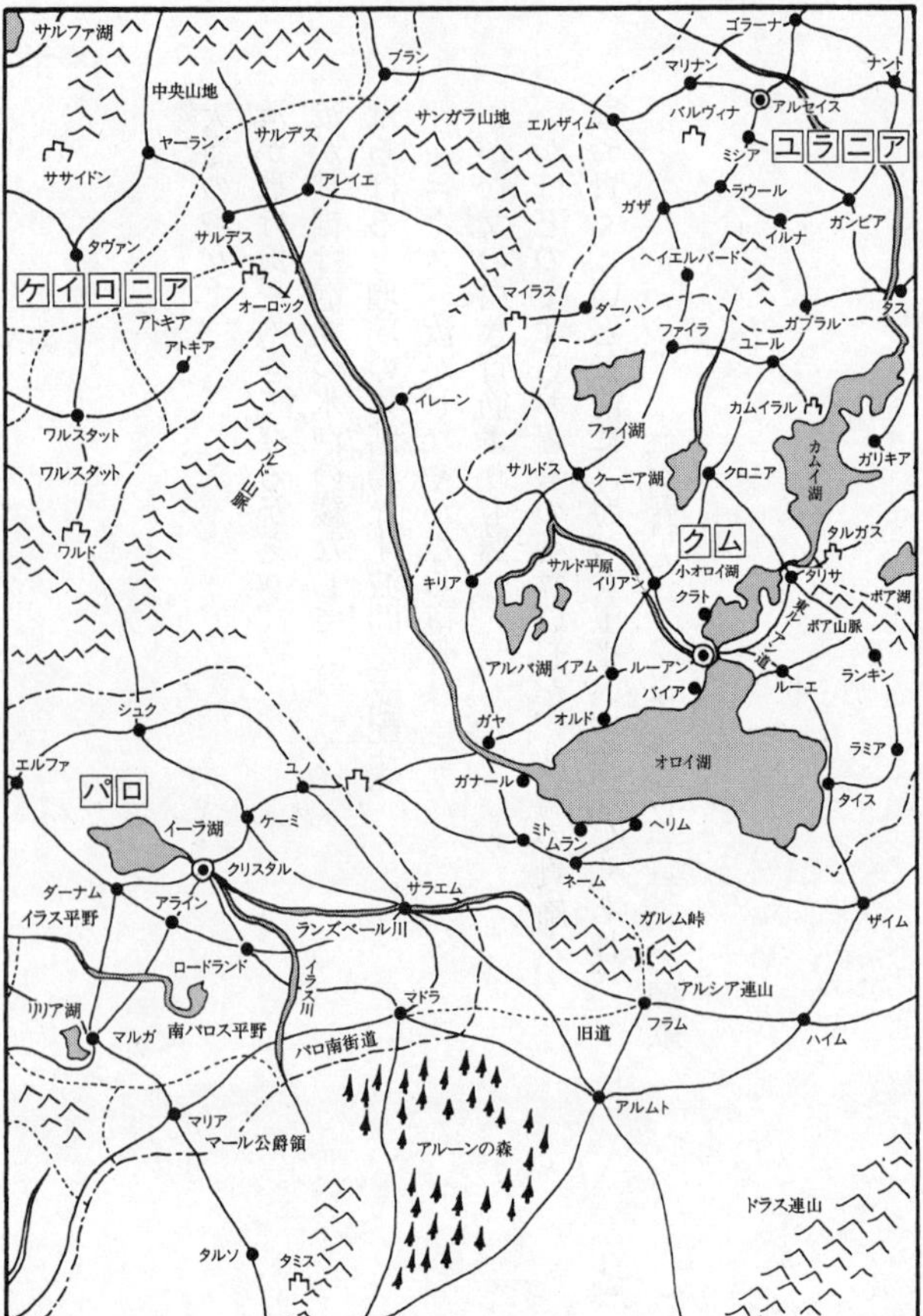
サルファ湖
中央山地
ササイドン
ヤーラン
サルデス
タヴァン
ケイロニア
オーロック
アトキア
ワルスタット
ワルド
ワルド山脈
ブラン
サンガラ山地
アレイエ
マイラス
イレーン
キリア
サルド平原
サルドス
クーニア湖
アルバ湖
イアム
ガヤ
ガナール
ゴラーナ
マリナン
ナント
アルセイス
パルヴィナ
エルザイム
ミシア
ユラニア
ラウール
ガザ
ガンビア
イルナ
ヘイエルバード
ダーハン
ファイラ
ガブラル
タス
ユール
ファイ湖
カムイラル
カムイ湖
ガリキア
クロニア
クム
タルガス
タリサ
小オロイ湖
イリアン
クラト
ボア湖
ボア山脈
東ルーアン道
ルーアン
バイア
オルド
ルーエ
ランキン
オロイ湖
ラミア
タイス
ヘリム
ミト
ムラン
ネーム
ザイム
シュク
エルファ
パロ
ユノ
ケーミ
イーラ湖
クリスタル
ダーナム
アライン
イラス平野
サラエム
ランズベール川
ロードランド
イラス川
ガルム峠
アルシア連山
マドラ
フラム
ハイム
リリア湖
マルガ
南パロス平野
パロ南街道
旧道
アルムト
マリア
マール公爵領
アルーンの森
ドラス連山
タルソ
タミス

〔パロ周辺図〕

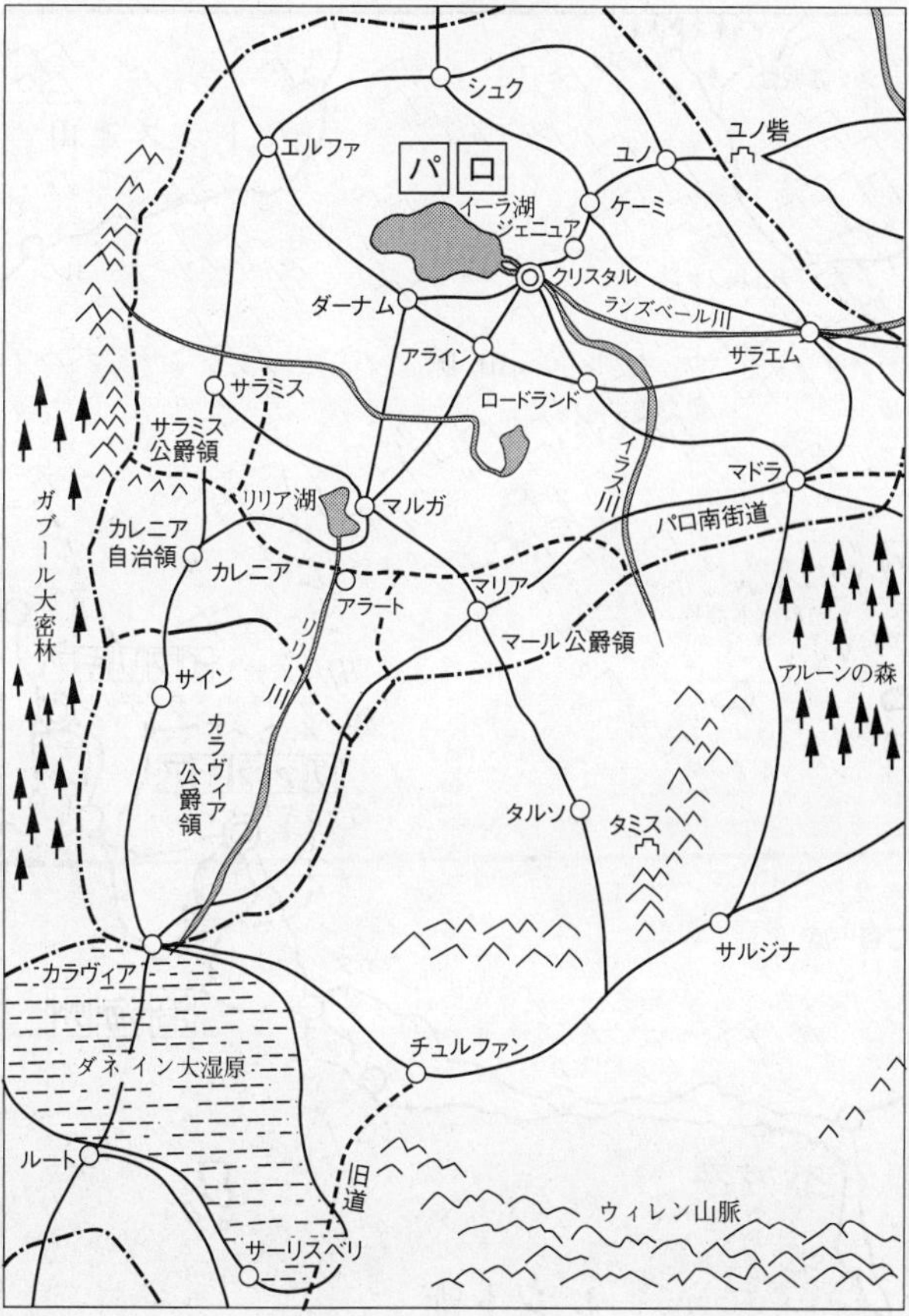

シュク
エルファ
パロ
ユノ砦
ユノ
ケーミ
イーラ湖
ジェニュア
クリスタル
ダーナム
ランズベール川
サラエム
アライン
サラミス
ロードランド
サラミス公爵領
イラス川
マドラ
ガブール大密林
リリア湖
マルガ
パロ南街道
カレニア自治領
カレニア
アラート
マリア
リリア川
マール公爵領
アルーンの森
サイン
カラヴィア公爵領
タルソ
タミス
サルジナ
カラヴィア
チュルファン
ダネイン大湿原
ルート
旧道
ウィレン山脈
サーリスベリ

〔草原地方 - 沿海州〕

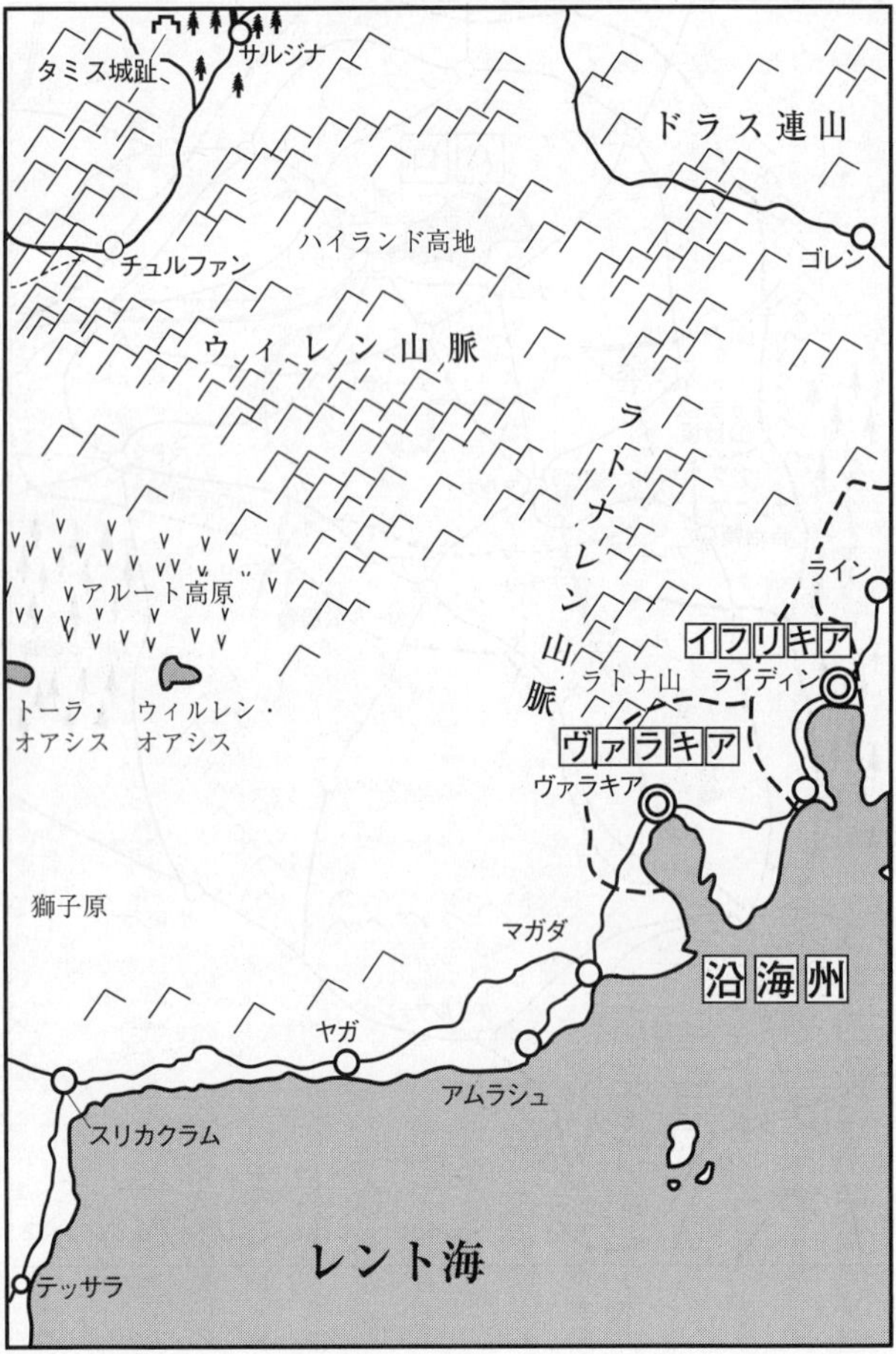
タミス城趾
サルジナ
ドラス連山
ハイランド高地
チュルファン
ゴレン
ウィレン山脈
ラトナレン山脈
ライン
アルート高原
イフリキア
ラトナ山
ライディン
トーラ・オアシス
ウィルレン・オアシス
ヴァラキア
ヴァラキア
獅子原
マガダ
沿海州
ヤガ
アムラシュ
スリカクラム
レント海
テッサラ

紅の凶星

登場人物

ヴァレリウス……………パロの宰相
リギア……………………聖騎士伯
マリウス…………………吟遊詩人
ブロン……………………ケイロニア軍パロ駐留隊長
アッシャ…………………パロの少女
スカール…………………アルゴスの黒太子
スーティ…………………フロリーの息子
ブラン……………………ドライドン騎士団副団長
イェライシャ……………白魔道師。〈ドールに追われる男〉
フロリー…………………アムネリスの元侍女
ヨナ………………………パロ王立学問所の主任教授
イシュトヴァーン………ゴーラ王
マルコ……………………イシュトヴァーン親衛隊准将
カメロン…………………ゴーラの宰相
カン・レイゼンモンロン…ミロクの大導師
ザザ………………………黄昏の国の女王
ウーラ……………………ノスフェラスの狼王

第一話　ミロク降臨

1

「至聖にして至高の智慧の王、救世主にして支配者、ミロク様、ご降臨」

超越大師ヤロールの陶酔のこもった叫びとともに、その場にいた者はみな風に吹かれる草のようにひれ伏した。高まる読経の中でひとり戸惑っていたブラン、イグ＝ソッグの奇怪な人工の肉体に取りのこされてイェライシャを恨んでいたブランも例外ではなかった。ここでぼうっとしていては怪しまれる。

そばについていたジャミーラも床に額をすりつけて随喜の涙にむせんでいると見える。ブランはぎくしゃくと人工生物の関節を折り曲げ、どうにか祈りの姿に見えないこともないであろう姿をつくろった。重たい角が邪魔でどうにも動きが取りにくい。

（えい、恨むぞ、老師）

こんな大事なときにどこかへ行ってしまったイェライシャになおも恨み言を並べ立て

ながら、ブランは、奥の祭壇上の、龕《がん》の扉がきしみながらゆっくりと開いていくのを息を殺して見守った。

「ああ！」ジャミーラが身をそらし、この女にはまたとないほどの喜悦の表情を浮かべて、胸を抱いてゆさぶった。

「ああ！　ミロク様、ああ！　あああ！」

それとともに、ぎょっとするようなすすり泣きや呻き、叫び声、声高な祈りや興奮しきった怒鳴り声が静寂なるべき至聖所に交錯した。ブランは度肝をぬかれて、イグ＝ソッグのひとつしかない目をまばたき、大胆にも少し頭をあげて祭壇の上を見やった。

怪物の喉から漏れかけた轟《とどろ》くような唸り声を、ブランはあやうく口の中へ押し戻した。幸い、気づいた者はいないようだった。ジャミーラ、ベイラー、イラーグの三怪人、そしてミロクの聖人たる三人の大師たち、そして金色燦爛《こんじきさんらん》たる衣に身を包んだ超越大師ヤロール、誰もが法悦に身を震わせ、壇上のもの以外あらゆることに興味を失っている。

ブランは思わず目をこすりかけ、巨大な目玉の前に出てきた鱗と毛におおわれた怪物の手にぎくっとした。

（どういうことだ。この怪物の目がおかしいのか、それとも、俺がどうかしているのか）

扉は開いていた。白大理石と黒珊瑚、磨き抜かれた黒檀《こくたん》でつくりあげられた巨大な扉は左右に口を開け、内部を見せていた。周囲の様子からして、皆がその内部に向かって呻き、叫び、額から血を流さんばかりに叩頭の礼を続けているのは疑いもない。しかし——

そこには、何もいなかった。

開いた扉の奥には、ただ白く塗られただけの茫漠たる空間があるばかりだった。いくらまばたいても、目をこすっても、イグ＝ソッグの中なるブランの目には、磨き抜かれた大理石と黒檀の扉以外、いかなるものも映りはしなかった。

しかし周囲の者たちは揃って狂ったように礼拝し、呻き叫ぶのをやめない。今さら頭をあげて、お前たちはいったい何に向かって呼びかけているのかと問いかけるわけにもいかず、ブランは怪物の山羊頭を床にすりつけながらもどかしい思いで歯ぎしりした。

（イェライシャ！　老師！　何が起こっておるのか説明してくれ、おい！）

呼んでも叫んでもむなしい。イェライシャはなにやらフロリーとヨナの痕跡をつかんだとかでどこへともなくブランを置いて去ってゆき、いかに呼びかけたところでつながろうはずもなかった。まったく魔道師というものは、必要なときに限っていたためしがない、とはなはだ失敬なことを考えながら、ブランはせいぜいこの狂乱が収まるまで自分も同じく騒いでいるように見せた方がよかろうと、頭をあげてもう一度開いた扉に目を向けた。

うっすらと、何か影のようなものが白い壁の前でうごめくのが見えた。

ブランはぎょっとしてまばたき、身を乗りだして目をこらした。不安定な怪物の足がよろめき、前のめりに転びかけたが、そこにしだいに像を結んできたものは、ブランの想像を、ある意味においては越えていた。

徐々に浮かびあがってきたそれは、若々しくすらりとした、美しい青年の姿だった。ふさふさとした金髪と明るい青い瞳を持ち、整った白い顔に晴れやかな笑みを浮かべている。全裸であったがその事を恥じるようすもなく、この世に生まれ落ちた最初の人間であるかのように頭をあげて、形のよい唇に幸福そうな笑みを浮かべて宙に目を向けていた。

まばたくと、青年の姿がゆるりとほどけて、また別の像を結んだ。一人の、尊大な表情を浮かべた男が高い塔の上に立ち、一方の手に長杖を持ち、もう一方の手を、塔の下で歓呼の声をあげる群衆に向かって鷹揚に振っている場面だった。群衆の叫びが遠いこだまのように、現実の音にまじって響いてきた。

『魔道の王、すべての技を極めし大魔道師、三眼のルールバ！　ルールバよ！』

口ひげをひねりつつその歓呼に応じる男の額には、ふたつの健康な目のほかに、石に刻まれた義眼がひとつ、生きたもののようにゆっくりと左右に動いていた。

動揺して動けずにいるうちにまたもや映像は流れて溶け去り、別の姿が浮かびあがった。こんどもまた美しい若者の姿だったが、最初の若者がただ一人、若く美しく健康であることの喜びにのみ輝いていたのと違って、次に現れたのはどこか退廃の影をまつわらせた、長い黒い髪を蛇のように周囲にのたくらせた蒼白い青年だった。

青年の周囲には半裸の、あるいは全裸の若い娘たちがつどい、そのすべてが帝王の後宮にすら見いだせないほどの美形揃いだった。宝石とわずかな絹しかまとっていない娘たちがあらそって寝台の上に這い上がり、四肢を投げだしてものうげに枕に身をあずけている青年の口もとに、皮をむいた果物やきらめく黄金の杯を捧げようとしていた。むきだしの乳房がいたるところでわななき、脂ののった白い腿が震えながら開かれた。無情な支配者の愛撫を待ちかねて、絶え入るような哀願と卑猥な誘いがぬれた唇からこぼれた。

『美しきエィラハ様、どうぞお慈悲を！　お慈悲をくださいませ！　その素晴らしい御手と雄々しきトートの矢を、どうぞあたしの小函に！』

この幻影もまたやがて霧に描いた絵のように溶け去ってゆき、次に見えたのはもっと心休まるものだった。黒檀のように肌の黒い南方の女がひとり、泥でこしらえた小さな小屋の火のそばに座って、むつきにくるんだ赤ん坊に乳を含ませているさまだった。

よく太った赤ん坊は母と同じく手のひらのやわらかな桃色が目立つ小さな手を伸ばしてきゃっきゃと笑い、微笑んで見下ろす母の髪をつかもうとした。笑ってその手を取り、生えたてのやわらかな髪を撫でつけてやるその母の顔は、まるで別人のような安らぎに充ちたものではあったが、まぎれもなく、かの魔女ジャミーラのものだった。

次から次へと幻影は変化した。どこまで続くかもわからぬ黄金の積みあげられた倉に腰かけて金貨を指からこぼす男、王者の装いをして豪奢な飾りの白馬にまたがり、従者を引きつれ、都の大通りを練り歩く男、行いすました大僧正として巨大な寺院の階に立ち、群衆の聖なる御方への歓呼の声を浴びる男――それらの間を、最初の若さと健康に輝く裸の若者の幻影が出たり入ったりし、混乱したブランの頭をいよいよ昏迷に追いこんだ。

（どうなっているのだ。ミロクとはいったい何なのだ。エイラハ？　ルールバ？　あの愛情に充ちた顔で子に乳をやっていた女、あれはジャミーラ、いや、タミヤなのか？）

耐えられずに目をつぶると、最初に見えた輝くような若者の健康な裸身が大きくなり、真っ暗な脳味噌のなかで膨らんだ。その像のあまりの重さと大きさ――ほとんど物理的なまでに感じられる強力さに、ブランの意志は重い石をのせられたようにたわんだ。

そして雷のように突然、理解が落ちてきた。この輝くような若者、どこにも欠けたところのない自然の健全さの見本のような、人間の若者の正体が。

（これは、イグ＝ソッグの望みだというのか……？）

打ち砕かれればらばらになった怪物の自意識が、砕けたかけらのすべてでもって、それを肯定した。

イグ＝ソッグ、大魔道師アグリッパによってこの世に生み出されたできそこないの生命、長い生涯のすえに知力と魔道の力を身につけ、いっぱし魔道師を名乗っていたものの、これが真の願望だったというのか。

晴れやかにあげられた若者の顔には一点のしみもなく、ただ青春の輝きが光臨のようにまばゆく彼をとりまいている。健康に伸びた手足は彫刻のような筋肉に形作られ、醜い蹄《ひづめ》や鱗や荒い毛などどこにもない。

細くて長い美しい指はきちんと五本そろって延び、桃色の美しい爪がついている。恐ろしげな鉤爪は失せ、秀でた額はふさやかな金髪の下で、重い山羊角の痕跡すらない。青い両目は怪物の血走った一つ目とは似ても似つかない。

ふいに、強い哀れみがブランをとらえた。見るもおぞましい姿を生まれながらに与えられ、その主からも見捨てられた怪物が、真に望んでいたのはただ、健康で健全な人間の若者であることだけだったという事実に。

この怪物の欲求に比べれば、ほかの人間たちが思い浮かべている欲望の影などおよそありふれた、陳腐で醜いものでしかなかった。どれもみな、権勢欲、金銭欲、色欲、名声欲、人にとりついてしばしば身を誤らせるものばかりだ。ただジャミーラ、かつてタミヤであった女は別として。

なぜ彼女がおぞましい蛙神《あしん》に身を捧げ、闇に身を投じたかをブランは知らない。しかし、彼女が見ているもの（次々と移り変わる幻影は、他の者たちが壇上に見ているそれぞれの心からの望みだとブランは悟っていた）からするに、それは何か子供、おそらく彼女自身の産んだ子に関する悲劇であったに違いない。満ち足りた様子で子供をあやすジャミーラ、否、タミヤの母性あふれる慈顔に、ブランの胸は引き裂かれるように痛んだ。

いまはミロクの洗礼によってかつての人間性をすべて失い、邪悪なミロクの聖姫ジャミーラとなっていても、その心によどむ傷は癒えていなかったのだ。むしろ、その傷に手をかけて誘惑し、服従を強いる現在のミロク教という存在に、ブランは新たな危機感と強烈な嫌悪感を覚えた。

（ミロク降臨と抜かしたが、つまり、こういうことか）

どのような手段を使ってかはわからないが、〈新たなるミロク〉の唱えるミロクとは、けっして救世主などではない。人の心によどむもっとも大きな欲望や望みを形にして見せ、それによって人心をあやつるのだ。

ブランがこの詐術にひっかからずにすんだのは、イグ＝ソッグの異形の脳髄という殻に守られていたからかもしれない。実際、イグ＝ソッグがもともと備えていて、言葉を発するに適しない口蓋を使う代わりに使用していた精神感応能力がこの時働いて、他のものたちの見ているものをブランにも見せたのだったが、ブランはまだ気づいていなかった。

悲鳴のようなすすり泣きとミロクへの呼び声、叫ぶような経文、身悶えしながらの身振り手振りが気の遠くなるほどつづいた。

イグ＝ソッグのブランは嫌悪と哀れみに身を引き裂かれながら、自分も壇上のものにせいぜい心を奪われているように見えるよう、手をのばして吠え声をあげ、巨大な目をつついて涙をこぼすように努力した。

やがて、ふと気がつくと、龕の扉は閉ざされていた。隣では、ジャミーラが汗まみれの体をよこたえ、たった今激しい性技から目覚めたように、力の抜けたまなざしであらぬ方を見つめていた。

イラーグやベイラー、大師たちも似たようなもので、あるいは床に身を投げ出し、あるいは合掌し身を丸めたまま感極まったように全身を痙攣《けいれん》させていた。大師の一人などは、鼻水と涎《よだれ》をたらしたままだ小児のように泣きわめいて、「ミロク様！　ミロク様！」と叫びながら壇上に駆け上がろうとして、ふらつく足に邪魔されていた。

「ミロク様！　もう一度、もう一度お姿をお見せください！　われらに、あなた様のもたらす地上の天国を目の当たりにする光栄に浴させてください！　ああ、ミロク様！　聖なるお方よ！」

なにが聖なるお方だ、と喧噪《けんそう》と演技に疲れきっていたブランは、怪物の胸の内で唾を吐いた。輝く幻影が消えた今、恐ろしいよりもいっそ哀れに感じられる、ゆがんだ三本指の鉤爪のついた手を見つめながら、次に何が起こるのかと待ち受けた。

微妙に聖堂の空気が変わるのを感じた。ブランのイグ＝ソッグはびくっとして身じろぎした。乱交の直後のようにむっとしてみだりがましい空気だったそこに、一筋、おそろしく怜悧な思考が入り込んでくるのを感じたのだ。

「カン・レイゼンモンロン様」

ジャミーラがあえぎながら身を起こし、黒い両腕をさしのべた。

「ミロク様がご降臨なされました……あたくしに救いの手を延べられる方が……ああ、なんという幸福……なんという……光」

「心穏やかに保つがよい、聖姫ジャミーラよ」

その男は深く響く声で言った。ジャミーラはその場にうずくまり、額を床にすりつけた。イラーグとベイラーもあわてて飛び上がって衣装を整える間もなくその場に平伏した。大師たちはずり落ちた椅子に這い上がり、叱られた子供のようにばつの悪い顔を床に向けた。龕の扉にすがりつかんばかりだった一人はとぼとぼとうなだれて席に戻り、消えてしまいたいかのように僧衣の中に縮こまった。

超越大師ヤロールはさすがに他のものたちほど狂乱してはいなかった。しかし、黄金にきらめく衣装の中でやはりゆで上げられたように顔を真っ赤にし、かっと目を開いて息を荒らげていたが、カン・レイゼンモンロンと呼ばれたこの男が現れたとたん、顔から一瞬にして血が引いた。彼が進み出てくると、押されるように一歩退いた。そばについていた侍祭も色を失ってこわごわと主人のかさばる衣装の陰に隠れ、射るような視線を避けようとした。

「超越大師様、ウォン・タン殿、ファン・リン殿、ワン・イー殿、ご機嫌うるわしゅう」

男の声はほとんどあざけるようにすら響いた。

壇上に立ち、胸をそらしてあたりを睥睨《へいげい》しているのは、黒い口髭をたくわえ、つややかな黒い髪を総髪にして後ろへなで上げた、僧形とはいささか違ったなりの男だった。眼窩《がんか》が深く窪んでいるため、昏《くら》い双眸《そうぼう》がいっそう陰って、あたかも洞窟のように黒く、読みとりがたい。黒一色の長衣に身を包み、わずかに見える長靴も、手袋も、すべて艶のある黒絹か革だった。胸にはミロク教徒のしるしであるミロク十字をさげていたが、そのわずかな金の輝きさえ、黒一色の陰りの前に飲み込まれてしまいがちだった。

「〈ミロクの聖姫〉ジャミーラが、あらたな信徒をつれて参ったと耳にし、まかり越しました」

朗々と響く声で彼は言った。その前では超越大師その人さえ小さく縮むように見え、実際、ヤロールの平凡きわまりない顔はどこかおどおどと落ちつかない様子に見えた。教師に叱られることを予期している生徒のようだった。

「ミロクの使徒に新たな名をつけ、洗礼をほどこすのはこの卑しきしもべの仕事ゆえ。ジャミーラの連れて参ったという、その新たなる使徒候補はどちらに？」

「ああ、それなら、こちらでございます、カン・レイゼンモンロン様」

ジャミーラは身をくねらせて答え、見えないところで足をのばして、ブランのイグ＝ソッグの鱗の生えた尻を力をこめて蹴飛ばした。

「ごらんの通り、醜い上に頭の方もさしてよくはない下等なけだものですけど、一時はあたくしたちと同じく、魔道師を名乗っていたこともございましたんですよ。生意気なことですけどねえ。でも、今はどうやら改心して、ミロク様のみ教えに従う気になったみたいなんです。ねえそこのばかでかい山羊頭、そうだねえ、返事をおしな」

「あ、は、はい、俺、ミロク様に従います」

もう一度、力任せに蹴飛ばされて、ブランはやっと返事をすることを思いついたように獣の体でもじもじとしてみせた。

「い、今、ミロク様のご降臨されるのを見て、俺、こんなすばらしいお方になんで今まで従わなかったんだろうって、改めて思いました。俺、働きます、なんでもします――ミロク様の使徒になります、俺はミロク様の獣です、なんでも命令してください、そのとおりにやります。ジャミーラやイラーグ、ベイラーみたいに、新しい名前が俺に必要だってんなら、どうぞ、そうしてください。俺、新しい名前で、生まれ変わりたいです。ミロク様のために働く、使徒になりたいです」

「ふむ」

カン・レイゼンモンロンは窪んだ眼窩の奥から強い視線をイグ＝ソッグに放ってきた。あまりにも強烈なので、人工生物の内部に入り込んでいるブランの意志さえも、見通されるかと思われるほどだった。本能的な恐怖を感じて、ブランはイグ＝ソッグの中で（比喩的に）身を縮めた。

「よかろう。ついてきなさい、名もなき獣よ」

かなり長時間に感じられた凝視がついとそらされ、ブランはあやうく獣の足をもつらせて倒れそうになった。いつのまにか、全身をこわばらせていたのだった。

人間の体であれば間違いなく、冷や汗の一つ二つは流していただろう。黒い長衣をなびかせて遠ざかるカン・レイゼンモンロンの後ろ姿に、ブランは、あの男はただ者ではない、とはっきりと確信した。

「なにをぼさっとしてるのさ、早くお行きったら」

すっかり法悦からさめたらしいジャミーラが、今度ははばかる様子もなく足をあげ、派手にイグ＝ソッグを蹴り飛ばした。

「カン・レイゼンモンロン様に失礼があったら承知しないよ、この馬鹿なけだものめ。あのお方はあたしたち〈ミロクの使徒〉に新たな名前と洗礼を与えて、新しい存在に生まれなおさせてくださる、いわば、神聖なる父上様ってお方なんだ。あんたみたいな下等な人工生物にゃもったいないようなお方なんだから、とっとと行って、せいぜいお手間をかけないようにするんだね」

「しかし、あの方は、その——大師様や、超越大師様がたとは、いささか違うように見えるのだが」

とまどった振りで足踏みしながら、ブランは、重たい山羊頭をジャミーラの上に傾けた。

「いったい、あのお方は、ミロク様の教団の中では、どういうお方なのだ。大師様方や、超越大師様そのお方さえ、あの方には一目おかれているように、俺には見えたのだが」

「あのお方は大導師カン・レイゼンモンロン様、そういうことさ」

いらいらとジャミーラは言って、乱暴にイグ＝ソッグを突き放した。

「五大師様と超越大師様はミロク様にもっとも近しい聖なる方々、そして大導師カン・レイゼンモンロン様は、ミロク様のために働くあたしたち、すべての使徒の上に立たれるお方なのさ。ああ……」

先ほどの法悦を思い出したのか、ジャミーラの目に一瞬酔ったような色が戻ったがすぐに消え、もう一度ぐいとイグ＝ソッグを扉のほうへ押しやった。

「さあ、ぐずぐずほざいてる暇があったらさっさと行かないか、けだものめ。あたしたちはいろいろ忙しいんだよ。あんたみたいな小汚い薄馬鹿の面倒ばかり見ちゃいられないんだ、とっととカン・レイゼンモンロン様のところへ行って、その空っぽの頭に、いくらかの知恵でも押し込んでいただいてくるんだね」

突き出されるようにしてイグ＝ソッグのブランは聖堂を押し出された。ジャミーラは陰険な目つきをして卑猥な手真似をしてみせ、音高く扉を閉めた。

もうなんの音も聞こえてこない。灯籠《とうろう》きらめき、神将や象牙のミロク像が見下ろす華麗な広間で、ブランのイグ＝ソッグはどうしてよいかわからず、両手を下げて立ち尽くした。

「こちらだ、新たなる使徒よ」

背後から呼びかけられて、あやうく飛び上がるところだった。

立ち並ぶ神将像のかげの目立たない場所に、小さな扉が開いていて、そこから、カン・レイゼンモンロンが頭を出して手招きしていた。イグ＝ソッグの奇怪な姿を見ても動揺した気配すらない。あたりまえの人間を相手にするかのように軽く手招いて、

「こちらにわが執務室がある。ついてきて、話を聞かせるがよい。心配せずとも、この扉は、いかような大きさのものでも通過させる。わしが許したものであるかぎりな」

そう言って、意味深に含み笑った。

ブランはおそるおそる頭を下げ、腰を折り曲げて、かさばる山羊角が今にも左右の柱にぶつかるのを覚悟しながら戸口に頭をつっこんだ。

だが、予想に反して、なんの障害もなくすっと頭は抜けた。頭も、それから肩も、両腕も、脚も、少し先で立って待っているカン・レイゼンモンロンとまったく同じ大きさであるかのように、なんの苦労もなくするりと抜けて、ブランは蹄のある巨大なイグ＝ソッグの脚で赤い絨毯の敷き詰められた秘密神殿の最奥の一部に立っていた。

天井はそう高いとも思えなかったのに、扉と同様、カン・レイゼンモンロンがまっすぐ背を伸ばしているように、イグ＝ソッグが見上げるような巨体をのばしても羽目板に頭をぶつけることはなかった。

あっけにとられてきょろきょろしていると、「さあ、こちらだ」とカン・レイゼンモンロンが、黒い衣をなびかせて先へ進み出した。伸縮自在の扉や通路の謎はひとまず脇に置いて、ブランはあわててずしりずしりと後にしたがった。

どうやらこの一帯は秘密神殿の中でも特に秘された一部らしく、先ほどのミロクの聖堂へ行き着くまでは時折見かけたミロクの騎士や高僧たちさえ、ほとんど見かけなかった。

誰もいない、深紅の絨毯が敷かれた通路がただただまっすぐに延び、扉のない壁が両側に飾りもなく続いている。そのことだけでも、ここが、曲がりくねって迷宮のようだった上部の神殿とはまったく違った区画であることは明らかだった。

「あのう、カン・レイゼンモンロン様……大導師、様」

勇気をふるってブランは問いかけてみた。カン・レイゼンモンロンはわずかに足を止めて、肩越しにイグ＝ソッグを振り向いた。

「なにかな、新たなる使徒よ」

「そのう……俺は、愚かなけだものなので、本当にミロク様のご洗礼とやらに、耐えられるかどうか心配なんです」

もじもじとイグ＝ソッグは爪をひねった。

「俺は長いあいだ吠えて暴れるしか能のない怪物として地下牢にいました。それは仕方のないことだと思ってますし、ミロク様の御教えにひれ伏さなかった俺がいけないんですが、また、あの知恵も前後もわからないけだものに戻ってしまったら、どうしようと思うと」

これはブラン自身の心配であった。ミロクの洗礼なるものがいかなるものであるかにせよ、一種の洗脳であることは疑いあるまい。イグ＝ソッグの脳と肉体という殻に包まれてはいるが、それを突き通してブラン自身がミロクの洗礼とやらを受けて〈新しきミロク〉に引き込まれてしまっては、いっさいが台無しになってしまう。

「心配することはない、新しき使徒よ」

カン・レイゼンモンロンは口ひげの下でわずかな笑みの形を作った。

「わしがよいようにしてやるゆえ、すべてわしに任せるがよい。おそらく前回の洗礼で失敗したのは、そなたが純粋な人ではなく、また、深く傷ついていたからであろう。今ではわしの技量も上がった。じきにそなたもジャミーラやイラーグ、ベイラーと同じく、新たなミロクの知恵に浴する身になることであろうよ」

行く手に深紅のびろうどが垂らされた入り口が見えた。おもちゃの兵士人形のように、ほとんど目すら見えないほどに甲冑で身をよろった二人の兵士が、三叉の装飾的な槍をたてて、両側を守っていた。

「ご苦労」カン・レイゼンモンロンは二人に声をかけ、また暖かみのない歯を見せるだけの笑みを向けた。

「これからミロク様へのお勤めとして、この者にミロクの洗礼を授け、新たな名を与える儀式を執り行う。汝らは人払いをし、このあたり一帯に人を近づけるでない。聖なる儀式をのぞき見る者があってはならぬ」

二人の兵士はまったく同じ動きで同時に頭を下げ、くるりと背を向けると、ふたつの影のようにぎくしゃくとした同じ動きで手足を動かし、廊下を遠ざかっていった。

カン・レイゼンモンロンは厚いびろうどの幕をあげた。そのむこうの壁に、刻まれたミロク十字型のくぼみがあった。首からかけていたミロク十字をはめこむと、ゴトン、とどこか深いところで音がして、白い平らな壁がゆっくりと横にすべった。

「さあ、入ってくれ、新たなる使徒よ」

カン・レイゼンモンロンの声に含まれるのはただの笑みなのだろうか、それとも巧妙なあざけりなのか、ブランには判断しかねた。

「儀式の前にいささか疲れを癒したいのでな。話し相手になってもらいたいのだよ」

2

カン・レイゼンモンロンの執務室、あるいは居室は、全体に異国風で派手な新しきミロク教の基準からすればごく地味でまっとうなものだった。いささかキタイ風の意匠は目立ったが、それとて目障りなほどではない。

漆塗りの小机にぬいとりのある敷物、アグラーヤ産とブランが見分けた繊細な細工の水晶の酒瓶に杯、草原の民が作る絨毯、彫刻のある書棚にはパロで出版されたらしい蔵書がずらりと並ぶ。聖職者というよりは、どこか、裕福な学者か隠棲者のための居心地のよい隠れ家のように思えた。

この整然とした部屋の中ではイグ＝ソッグの見るからに異常な姿と巨体はいかにも場違いだった。自分自身の肉体でないのにもかかわらず、ブランはおそろしくいたたまれない気持ちを味わった。部屋の主であるカン・レイゼンモンロンがごく普通に人間の知り合いを部屋に迎えたかのごとくふるまい、床の敷物の上に座らせたイグ＝ソッグに（さすがに彼の体軀に見合う腰掛けはないとあって）、水晶の杯に注いだ葡萄酒を勧めたとあっては、居心地の悪さもここに極まった。

「あ、ありがとうございます、カン・レイゼンモンロン様」

動かしにくいイグ＝ソッグの口でもごもごと呟き、ブランは鉤爪の先であぶなっかしく杯を受け取った。

「そのう、俺みたいな非人間の者でも、こんな風にしてくださって、ありがとうございます。ジャミーラにはさんざん言われたけど、俺、ほんとうに、ミロク様には心の底からお仕えするつもりです。けどまた、ミロク様の洗礼に、俺のみじめな頭が耐えられないんじゃないかと思うと、背筋がむずむずして……いえ、あの、カン・レイゼンモンロン様のことをご信用してないわけじゃないですけど」

あわててブランは付け加えた。杯に口をつける。青みのかった珍しい葡萄酒で、その味は最上級のハシシュの煙を液状化したかのごとく舌を刺した。

カン・レイゼンモンロンが笑った。

「そればかりではそなたのような図体の者には足るまい。遠慮なく、杯を代えるがよい。それはミロク様より下げ渡された、至福の国で実った葡萄より醸《かも》された酒なのだ。さ、もう一杯」

断る理由が見いだせず、ブランは爪先であぶなっかしく支えた水晶の杯に、青みを帯びた鋼玉色の酒がなみなみと注がれるのを見つめた。

この部屋に一歩足を踏み入れた瞬間から、ブランの意識のどこかがずっと、針に刺されたようにちくちくと痛んでいた。

もっと別の時であればそれは、状況がどうなろうと剣を、あるいは武器であろうとなかろうと手近なものをつかんで、武器として相手に投げつけ、その場を飛び出す衝動になり変わるはずべきものだった。

だが、煙色をした青い葡萄酒の最初の一滴が唇をぬらしたとたん、それとわからぬように薄いヴェールがそっと意識を覆い、研ぎ澄まされた海の男の勘を鈍らせにかかった。

ブランはその事には気づいてはいたが、抗う術がなかった。イグ＝ソッグのブランは言われるままに鋼玉色にちらちら光る葡萄酒を口にし、魂にかけられた縛鎖を、せいぜい受け入れるがままになる以外になかった。

沈黙のうちに数杯の杯が重ねられた。

「さて」

ほとんど空になった水晶の酒瓶をそっと置きながら、さりげなくカン・レイゼンモンロンが言った。

「そろそろ、本題にはいるとしようか、新たな使徒よ。――いや、その中にいる者、と言うべきかな？　そなたには二つの魂が見える。打ち砕かれた人ならぬ魂の残骸と、活力に満ちた雄々しい戦士の魂だ。さて、どちらが本当のミロクの使徒となるべき者なのかな?」

　重ねた杯に精神をしばられていたとしても、ブランの反応は十分に素早いものだった。少なくとも、並の人間を相手にしていたならば。

　彼はイグ＝ソッグの頭を振り上げて猛烈なうなり声をあげ、絨毯を跳ね上げて跳んだ。強力な脚をばねにして、ゆったりと椅子に腰掛けている黒衣の大導師に、節くれ立った鋭い鉤爪をもって襲いかかった。

「おやおや」

　カン・レイゼンモンロンは首を振った。

「まだそこまで動けたとは。さすがはアグリッパの創造物、いや、中にいるお前の意志力の強靭さを褒《ほ》むべきか」

　突進する怪物の爪はむなしく空を切った。

　本棚につっこみそうになってたたらを踏んだブランは、歯をむき出してうなり声をあげつつ振り向いたが、そこで愕然とした。

　今まで目にしていた、学者の書斎めいた部屋のいっさいが消えていた。

　すべてが灰色だった。床も天井も壁も、何一つ見分けがつかない。残っているのは悠然と椅子に腰掛けたままのカン・レイゼンモンロンの黒衣を床に流した姿のままで、椅子の肘に頭をよせかけ、楽しくてならぬというように体をゆらしてくっくっと笑っていた。

「どうやら中にいるのは相当に鍛えられた男らしいな。どうやってその怪物の体を乗っ取った？」

面白そうに彼は組んだ両手に顎を乗せていた。

「なまじの魔道の心得程度では仮にも大魔道師たるアグリッパの創造物を乗っ取ることなどできぬはずだが。パロの魔道師どもの生き残り、それとも、サイロンに巣くうまじない小路の有象無象《うぞうむぞう》のどれかか。いや、まじない小路の小物程度ではアグリッパの足もとにすらおよぶまい、その人工生物でさえあそこではいっぱし魔道師を名乗っていたのだからな。では、どれだ。中原に蠢《うごめ》く黒魔道師グラチウス、あの男の差し金か？　あるいは見者ロカンドラスがついに腰をあげたか？　星辰の彼方へ去ったアグリッパがおのが創造物のことでも気まぐれに思い出したか？　あるいは、かの〈ドールに追われる男〉が──」

全身の力をふるってブランは咆吼し、頭を低く下げてカン・レイゼンモンロンに突進した。巨大な山羊頭の鋭い角は人間の一人や二人、巨大な杭で叩いたように芋刺しにして粉砕するはずだった。

だが、またもや手応えはなく、イグ＝ソッグは大音響をあげて灰色の壁につっこんだ。頭を振り、ばらばらと砕けて落ちる石くれと土埃にまみれて身を起こすと、ブランの精神とは別の部分で、原始的な獣の本能が悲鳴をあげて後ずさった。

そこはいつの間にか、イグ＝ソッグが幽閉され虐《しいた》げられていた暗い地下牢に変じていた。汚れきった床に悪臭を放つ汚物が堆積し、血でところどころ赤く錆を浮かせた頑丈な鉄枷《てつかせ》が、犠牲者を待つように目の前で揺れていた。

煙の味の葡萄酒は、確かにブランの意志力にも多少の影響を及ぼしていた。イェライシャによって完全に押さえ込まれていたはずのイグ＝ソッグ自身の精神の残滓《ざんし》が、魂に焼きつけられた苦痛と破滅の一片を思い出して浮かび上がった。

ブランは必死に手綱をとって押さえつけようとしたが、いったん狂いだした人工生物の精神は、犬の臭いに猛り狂う暴れ馬のようだった。弱められたブランの意志力を振り払い、イグ＝ソッグはその場にうち倒れ、のたうち回って叫んだ。

「おおう、イグ＝ソッグ！　イグ＝ソッグ！　イイイ、イグ＝ソッグ、イグ＝ソッグ、イグ＝ソッグ！、イグ、あああぁ！」

「やはり、この器は壊れていたようだな」

カン・レイゼンモンロンがつと立ち上がり、次の瞬間、ブランの目をのぞき込むほどの近い距離にかがみ込んでいた。

椅子から立ち上がったとも、歩いたとも見えなかったのに、その姿はいかなる法則にもしばられぬかのように、暴れ回るイグ＝ソッグの巨体をすら通過して、その一つ目という窓から、まともにブラン自身の目をのぞき込んできた。

「ではやはり、ミロクの使徒となるべきはお前らしい。いかなる勢力に送り込まれてきたかはあとでじっくり聞くとして――」

いきなり、脳味噌を直接わしづかみにされたような感覚に襲われてブランはのたうった。

手足がねじれ、内臓がすべて喉もとにまであがってきた。胃液が喉を焼き、目の前に強烈な色彩の光と闇が交互に躍った。

濡れた布を引き裂くような音が耳元でとどろき、続いて泥をこね回すような不快な音が続いた。全身の生皮を引きはがされるにも似た目もくらむ痛みと灼熱感にブランは絶叫した。

「ふむ。これでよし」

ブランは濡れ、喘《あえ》ぎ、全身から湯気を立てながら冷たい床の上に転がっていた。

はじめにイグ＝ソッグに呑み込まれた時のままのかっこうで、猛烈な刺激臭を全身から放っていた。弱々しく指を動かしたが、生まれたばかりの子馬同様、足に力が入らない。

カン・レイゼンモンロンが頭のそばに立ち、考えるように顎に手を当てながら見下ろしていた。

「若いな」

感心したように呟いた。

「しかも、いい体つきだ。どこの国からの間諜であれ、いい手駒になるであろうよ。少なくともあの、図体ばかり大きい、醜い怪物よりはな。ジャミーラめもそれと知らずに、いい材料を引き連れてきたかもしれぬ」

その背後では、哀れな人工生物の動かなくなった体が、ブランの体から漂うのと同じ、金属と薬品の混じり合ったような刺激臭のきつい蒸気をあげながら溶け去るところだった。みるみるうちに肉が紫色の汚泥となって骨から流れ落ち、つかの間、自然ならぬ異様な骨組をさらしたかと思うと、その骨もまた砂のように細かく砕けて崩れ去っていく。額の一つ目ばかりが最後まで残って、大きく見開かれたまま、望みもせぬのに生み出された、最後にはこのような運命を用意していた世界を呪うかのように、血走った凝視を虚空に向けていた。

「お……お……お前、は」

息のひとつひとつが炎となって喉を焼くようだった。呼吸の合間から、ブランはようやく声を絞り出した。

「お前……は……誰だ。ミロク教……の、人間、か。カン・レイゼン、モンロン……本名、なのか。いったい、なんの、ために」

「ほう。まだそれだけしゃべる元気があるか」

カン・レイゼンモンロンは眉をつりあげて驚いた表情を作ると、ブランのそばにかがみこんだ。黄金にきらめくミロク十字が目の前で揺れた。ブランはそれをつかんで相手を引きずり倒そうと震える手をあげた。

「無駄なまねはよすことだ、戦士よ」

ひょいとミロク十字を手の届かない高さに持ち上げ、からかうように振りながらカン・レイゼンモンロンは舌を鳴らした。

「だが確かに、事態がここに立ち至ってもまだ刃向かおうとする意志の強さは並大抵の者ではないな。いずれ、名のある剣士に違いない。どれ、お前の正体、覗かせてもらうとするか」

見えない重圧が再びブランにのしかかった。カン・レイゼンモンロンはぐっと身を乗り出し、息のかかるほどブランに顔を近づけた。

その息の妙な生臭さと鼻を刺す香の入り交じった香りに、ブランは吐き気を催した。懸命に目を閉じ、顔をそむけようとしたが、不可視の手ががっちりと頭と首を押さえ込んでいるようで目を動かすこともできない。

窪んだ眼窩の奥で昏くきらめくカン・レイゼンモンロンの目が、大きくなり、ますます大きくなり、その底に波打つ輝く暗黒と邪悪が、なだれを打ってブランの中に入り込もうとした……

いきなり、黒衣の男は獣じみたわめき声をあげて飛びすさった。

ブランはまばたき、全身が冷たい汗で水をかぶったようになっているのに気づいた。見えない重圧は消え、ふたたび、わずかながら体を動かすことができるようになっていた。ブランはせき込み、ひきつる指で床を掻いて、なんとか身を起こそうともがいた。

『貴様！　この間諜めが、くだらぬ術を！』

カン・レイゼンモンロンの声は異常な響きを帯びていた。これまでのゆったりとした口調が失われ、ひび割れた鐘が発するような歪みとざらつきが新たにその声に混ざり込んでいた。言葉を継ぐあいだに、シューシューと息をもらすような音がときおり混じった。

『貴様のそのミロク十字はなんだ？　どのような魔道師がそれを貴様に与えた？　おお、われらが竜王よ！　偉大なる異界の法にすら抵抗する、その金属はなんだというのだ！』

ブランはようやく肘をついて上半身を支え、下を見た。胸の上に、イェライシャから渡されたミロク十字の飾りがぴたりと張りつき、あふれるような虹色の光輝を放っていた。

（老師よ、感謝するぞ！）

光輝は水のしみ入るようにブランの体にも働き、奪われていた活力がみるみる戻ってきた。

ブランは敏捷に跳ね上がり、武器になるものがないので、拳を握って身構えた。たとえ素手でも、男の十人や二十人、荒っぽい喧嘩で叩きのめしてきたヴァラキアの海の男である。ひょろりとした黒衣の聖職者ごとき、いかな奇妙な力をふるおうとも、恐れるものではない。

『呪いを受けよ、侵入者め』

顔をおおってのけぞり、あがいていたカン・レイゼンモンロンが骨のないかのような異様な動きでぐるりとブランを見た。

ブランは驚きと恐怖の声がもれそうになるのをあやうくこらえた。イェライシャのミロク十字から発した光に焼かれたその顔はべろりと肉がはがれ、その下にあるものがあらわになっていた。ブランのほうにのばしていた右手も焼け、手袋が裂けたように手の皮がべろりと垂れ下がって中身が見えていた。

それは人間の顔ではなかった。おおまかな目鼻立ちは人間のそれを模倣しているものの、半分見えている頭は完全に無毛で、頭頂から額、頬にかけてはちらちら光る緑色の鱗にびっしりとおおわれ、顎の下あたりで真珠のような白い鱗に変わっている。

唇のない、三日月型に裂けた口には鋸歯状《きょしじょう》のとがった歯がずらりと並び、わずかに見える口内は暗い紫色をしていた。深い眼窩に隠されていた両眼はいまや爛々と燃えていた。それは金色の、縦に裂けた瞳孔を持った蛇の目、悪意に満ちたいやらしい爬虫類の目だった。

『この姿を見たからには逃すわけにはゆかん』

爬虫類の鱗と眼を持った怪物はシューシューと息の漏れる声で言った。

『そのミロク十字のわけといい、なんとしてでもたっぷりと泥を吐いてもらうぞ、間諜めが。貴様が誰であろうとなんであろうと関係ない。知っていることをみな吐き出したあと、他ならぬ我が手で始末してくれるわ』

「やすやすと始末されるような俺ではないわ、化け物め！」

胸で輝くミロク十字に力づけられたブランは吠え、世界中の港や酒場で鍛えた両の拳をかまえ、肩から鱗顔の怪物に体当たりした。

石の壁にぶつかったような衝撃があり、肩がきしんだ。だがブランは痛みを意識の外へ追いやって、相手の鱗におおわれた喉を締めつけてやろうと腕を伸ばした。

人型の蛇めいた怪物はまさに蛇のごとき動きでブランの腕をすり抜け、針のような牙でブランの顔を食いちぎろうとした。ブランは相手の腐臭のする息を吸い込んで頭をそらし、逃れるのではなく、思いきり頭を相手の鼻に叩きつけた。

幾度となく自分の何倍もある大男を倒してきたこの不意打ちは異界の怪物にも有効だ

った。

カン・レイゼンモンロン、あるいはそう名乗っていた何者かは手を離し、鼻を押さえてよろよろと後ずさった。体を締めつけていた腕が蔓のほどけるように離れた。いつわりの手皮の脱げた相手の手は、不自然に多い関節を持つ、鋭い鉤爪をもった蜥蜴の前脚であった。

『おのれ！』

鱗人《うろこびと》は跳躍して距離をとると、なんらかの術を使おうというのか、黒衣の袖をひるがえして両腕を広げた。

本能的にブランは胸から輝くミロク十字を持ち上げ、敵にむかって高く掲げた。熱湯をかけられたように相手はひるんだ。どうやらその放つ光に鱗人の目は耐えられないらしい。

『やめよ！』

袖で顔を覆いながら鱗人はわめいた。

『わしにそれを向けるな！　やめよ！　やめよと言うに！』

熱い陽光にさらされたくらげのように、鱗人は縮んでいくように見えた。顔を覆っていた人間の皮はすっかりはがれ落ち、さらに体の各部からも、シュウシュウと音をたてて白い煙が立ち上っていた。

「俺はここを出て行く」

　ミロク十字を前に掲げながら、ブランは油断なく一歩歩を進めた。

「果たすべき目的があるのでな。貴様ごとき鱗の塊にかまっている間はないのだ。とにかく俺をこの空間から出せ。いずれここも、貴様のあやかしの力が作り出した場所だろうが。しかしその姿に奇怪な力、やはり〈新しきミロク〉がキタイの竜王に牛耳られているというのは確かなようだな。貴様のような者が何人もヤガに送り込まれているのか？」

『答えると思うてか、卑しい人間めが！』

　ほとんど蛇が舌を鳴らすのと変わらなくなった声で鱗人はわめき、袖を打ち振って空気の刃を放ってきた。

「まあいい。話すとは俺も思っていない」

　ブランはわずかに頭を動かすことで避けたが、余波が頬をかすめ、皮一枚を切り裂いてうっすらと血をにじませた。

「とにかく、貴様のような化け物がミロク教の中枢に居座っているとわかっただけで十分だ。早くこのことを人々に知らせ、眩《くら》まされている彼らの目を覚まさせねば」

『そんなことはさせぬ！』

　鱗人はわめくと、蛇が鎌首をもたげるように身を起こし、金属のきしりに似た言語で奇怪な叫びをあげた。同時に、灰色の空間から、わっとさまざまな姿の妖物が現れ、ブランに襲いかかってきた。

だが、これはさほどの害ではなかった。生きてひくつく内臓の塊のようなもの、生物の体の部分をでたらめにくっつけたようなもの、先に吸盤のついた細い触手が髪の毛のように絡まり合ったものなど、どれも胸の悪くなるような姿を持っていたが、さほどの力も大きさもなく、イェライシャのミロク十字の光に焼かれ、ブランの拳や脚に叩き潰されると、哀れな悲鳴とともに汚らしい染みや焦げとなって消え失せた。

「どうやら、貴様、妖術に関してはさほどではないらしい」

呼び出された援軍があらかた片づけられてしまうと、歯噛みしている鱗人に向かってブランは言った。

「キタイの竜王が貴様に命じたのはミロク教とヤガの掌握であって、邪魔者を始末するのは貴様が作り上げる〈ミロクの使徒〉、そういうわけだ。ではここで貴様を始末してしまえばもはや〈ミロクの使徒〉は生まれず、ジャミーラたち三人の使徒も、暗示から醒めるのかもしれないな?」

喉の底から怒りの咆吼を放った鱗人は、せいいっぱい普段のカン・レイゼンモンロンに似せた声で、『衛兵! 衛兵、ここへ!』と叫んだ。

一瞬のうちに、あたりははじめにブランがイグ＝ソッグとして入った学者の書斎然とした部屋に戻っていた。外に足音が入り乱れ、扉が切迫した調子で叩かれた。

「カン・レイゼンモンロン様？　大導師様、いかがなされました？」

「侵入者だ！」

鱗人は怒鳴った。むきだしになった蛇の顔は衣をあげて隠している。くぐもった声で、

「こ奴は使徒に化けてミロク様を汚そうとした法敵だ。捕らえよ、逃すな！　殺してもかまわぬ！」

はじけるように扉が開いて、手に手に槍を構えた衛兵たちの集団がなだれ込んできた。

ミロクの騎士とよばれるほどの高位ではないが、いちおうの戦闘訓練は受けているらしく、ましてや、相手が手に剣のひとつもない男ひとりと見て取ると、いよいよかさにかかってときの声を挙げ、ぐるりとブランを取り囲んだ。

ブランは落ち着き払っていた。唇には微笑さえあった。荒々しい海の男にとって、妖怪や魔道より、ずっと与《くみ》しやすいのは生きた肉を持った相手と実体のある槍ぶすま、剣の林だ。

ブランはいきおいよく脚を跳ね上げると手近の兵士の顎を蹴り上げてふっとばすと同時に、その手から飛んだ長槍を肘ではじいてくるくると回し、空中でつかんだ。手の中に太くしっかりした金属と堅い木の感触を握りしめるとさらに頬がゆるんだ。

「この場所では、多少長すぎるな！」

兵士どもがまだ唖然としているうちに、ブランは手に入れた槍の柄の三分の一ほどを床に叩きつけて折った。

折りとった部分を棍棒がわりに腰に差し、恫喝《どうかつ》の声とともに、短くした槍を旋風のように振り回した。鋼鉄と堅木のつむじ風にたちまち巻き込まれた十数人がふっ飛び、風に巻かれた木の葉のように四方の壁際に積み重なった。

ブランはさらに一歩前へ出た。兵士たちが気圧されたように下がった。

彼らは雑多な集団だったが、奥殿の守備に配置された彼らはもとよりミロク教に深く帰依した人々で、その中には以前は古きミロクの教えを信奉していたために、人と争うことに対していまだに本能的な忌避感を捨てきれぬ者がいた。ブランは明らかに腰の引けているそれらの相手をめざとく見つけ、弱い部分であるそこめがけて、叫び声をあげてつっこんだ。

さらに数人が吹き飛ばされ、叩きつけられ、腹部や顎に強烈な拳の一撃をくらって昏倒した。横にかまえた槍を柵のように使って敵を押しやりながら、ブランは倒れた敵から足の指を使って器用に剣を引き抜いた。

ひょいと曲芸師のように足指で放りあげた剣をつかみ取る。見たこともない男の電光石火の戦いぶりに度肝をぬかれた様子の衛兵どもに、白い歯をむきだして笑ってみせた。

「それでしまいか？　では、そこをあけて、俺を通せ」

「何をしている、押しつつめ！」

背後からカン・レイゼンモンロンのくぐもった声が叱咤した。いまだ引きむかれた顔の皮の再生が終わらず、出てくることができぬらしい。

ブランは笑みを深めると、腹の底からとどろく声を先頭の男に放って走り出した。

剣を握ったままの堅い拳に顎を割られ、たちまち数人が歯と血を飛び散らせて吹っ飛んだ。同時に空をないだ槍柄《そうへい》が辺境の武闘僧のつかう長棍《ちょうこん》のように敵をなぎ倒した。

竿にかけられた洗濯物のように体を折り曲げた兵士がもつれあって倒れ込み、ブランは荒々しく彼らの体を踏みつけて進んだ。足の下で彼らの骨がきしんで折れるのを感じたが、鬱屈した時間を長く強いられたブランの心に哀れみはわかなかった。久しぶりに思いきり体を動かし、戦いの中に没入する喜びに全身の血が沸き立っていた。

「さあ、どうした、どうした！　俺を止められるやつはここにはいないのか？　荒れる大海を渡り、熱帯の暗い樹林を駆け、あらゆる国の蛮族や海賊、野獣に猛獣と素手で相対したことのある俺だ。腑抜けどもの十人や二十人では、まだまだ物足らん！」

両手にかまえた剣と槍が目にも止まらず入り乱れ、その間に飛ぶ拳や鋭い蹴りがさらに敵を叩きのめした。衛兵たちが受けていた戦闘訓練が形に乗っ取った正式なものであったのに対して、ブランがふるうのは、命がけの冒険の中でおのずから身につけた戦い方、形もなにもあったものではない、喧嘩っ早い船乗りの戦法だった。

変幻自在、その場の敵の動きに対して縦横に変化するその戦い方は、一律に訓練された兵士たちの予想を片端から裏切った。剣で切りつけられると感じて盾をかまえれば、その隙間をぬって槍の柄が喉元を突き、背後から切りかかろうとすれば、振り向きもせぬまま繰り出された肘打ちが顔面にめりこむ。鼻血を噴いてたたらを踏んだところを、後ろざまに蹴上げられた踵《かかと》に股間を直撃され、白目をむいて気絶する。

およそ騎士の戦い方ではなかったし、ドライドン騎士としてのブランはもう少し礼法にのっとった戦い方を心得てもいたのだが、今の彼は鎖からはなされて、ようやく怒りをぶつける先を見つけた虎のようなものだった。海賊の野卑な罵《のの》り言葉を並べ立て、海鳴りの轟くような笑いを響かせながら、生きた嵐のようにブランは敵を吹き倒した。彼が通り過ぎたあとには砕けた骨や歯や股間を押さえて小便を漏らす衛兵が積み重なり、身動きもままならず猫のようなかぼそい声をあげて苦痛を訴えていた。

「どうした、もう種切れか」

槍をひと振りしてブランはあざけった。汗と血が肩から胸を流れ落ち、乱れた髪の下で戦いの興奮に煽られた目が獣のようにぎらついていた。

「物足らんぞ、貴様ら！　こんなものでは肩慣らしにもならん。ミロクの騎士とやらはどこへ行った、もう少し楽しめる奴はいないのか、え？　用済みならば俺はもう行くぞ、こんなけったくそ悪い場所にいつまでもいる義理はないのでな！」

血にまみれた拳と剣、槍をかまえたまま、ほとんど敵の影のなくなった通路を堂々と身をひるがえして走りだそうとする。

いきなり、頭蓋骨の中身を直接叩かれたような強烈な頭痛を覚えた。

まぶたの裏に稲妻が走り、思わずうめき声を上げる。手から剣と槍が落ちた。

たまらず膝をついたところに、かすかに、カン・レイゼンモンロンの、「それ、取り押さえろ！」という声が響いた。

全身がしびれて立ち上がれなかった。でくの棒のように転がったまま、ブランは手から武器がもぎとられ、手足を縛り上げられるのをなすすべなく見ていた。

カン・レイゼンモンロンが部屋から出てきて、毒のしたたるような目つきをこちらに向けていた。

今の一撃が、彼のはなった妖術の一種であることは疑いようもなかった。戦いに酔って、彼が素顔を見られる危険を冒しても出てくる可能性を忘却していたことに、遅まきながらブランは気がついた。

鱗人の手はたっぷりした袖に隠され、無毛の頭は黒い頭巾で深く覆われていたが、片方だけ覗いた爬虫類の目は、悪意に満ちた悦びに黄色くきらめいていた。

「お怪我をなさったのですか、大導師様」

「大事ない」

がんじがらめにくくりあげられたブランを見下ろしながら、カン・レイゼンモンロンはうるさげに手を振った。さらに深く頭巾をおろし、蛇の黄色い目を人目から隠す。

「それより、この狼藉者《ろうぜきもの》をもっとも深い地下牢に押し込め。たっぷりと思い直す時間を与えてくれる」

袖と頭巾を引き下ろしつつ、くぐもった声で鱗人は命じた。

「ミロク様のご意志を疑い、その懐に潜り込んできた鼠めが、地下の親戚どもとしばし仲良うして、その間に何かわしに言うべきことがないか、よく考え直すことだ」

ブランは罵言を返そうとしたが、まだ舌がしびれていた。傷ついた兵士たちがなんとか起き上がり始めていた。

「ああ、それと」

荷物のように担ぎ上げられて運ばれていこうとするブランを追って、カン・レイゼンモンロンが止めた。

「その男がかけているミロク十字をはぎ取れ。不逞の輩が聖なるみしるしを肌身につけているなどなんたる冒瀆、言語道断だ……愚か者！　わしにそれを近づけるでないわ」

言われたとおりブランの首からミロク十字をはずし、手渡そうとした兵士から、大導師は焼けた石炭を近づけられでもしたように飛びのいた。

「このような不信の者が持ち歩いていた偽りの品など、触れるも身の汚れよ。だが、ミロク様の聖なるしるしの形をとっている以上、粗末に扱うわけにもいかぬ。お前たち、持って行って厳重に管理しておくがよい。わしがそのうち清めの式を行い、穢れを払ったのち、よく調べてみるとしよう。この間諜めがどこでこれを手に入れたか、知る必要がある」

兵士はおずおずとうなずいて、未だかすかな光を帯びているミロク十字を外套の端に包み、懐におさめた。大導師はほくそえんだ。袖の下で鱗人の爪がこすれあう音を立てた。

目の前で光景が揺らぎだし、疲労が急速にのしかかってきた。ブランは兵士たちに運ばれながら、吸い込まれるように気を失った。

3

『――声を立てるでない。そのままの姿勢で聞くのだ』

耳元で、紙のこすれるにも似たかすかなささやきが聞こえたのを、ヨナははじめ、絶望にうちひしがれるあまりの幻聴かとうたがった。

『待て！』

身を起こそうとした彼を声は鋭く制した。

『動いてはならぬと言ったであろう。時間がない、聞くのだ、パロのヨナ・ハンゼ。われはイェライシャ、〈ドールに追われる男〉とも称される、グラチウスとは不倶戴天《ふぐたいてん》の仲の老いぼれ魔道師よ』

ヨナは喉元にこみあげた驚愕の声をかろうじて呑み込んだ。

〈ドールに追われる男〉、一度はドールその者の足もとに額《ぬか》づいてその暗黒の秘法を学びながら、ヤヌスの光にめざめて闇より離反して以来、暗黒の手先に追われ続けているという伝説の魔道師イェライシャ、その彼が、よりによって自分に話しかけているという。

　以前、一度だけ邂逅したことがあったが、その時でさえ秘められた強靭な精神力と魔力には圧倒された。だがまさか、このような場、邪教に毒されたヤガのどこともしれぬ場所で、その名を名乗る幻聴が耳に響くとは思えなかった。

　飾りたてられた室内には明るく火が燃え、そばの卓上には美味珍肴《びみちんこう》がこれ見よがしに盛り上げられていたが、ヨナは手もつけていなかった。宝石で飾られた酒杯と黄金づくりの食器がいくつも目を持つ生き物のように影の中できらめいていた。

『われは今、ドライドン騎士の副団長にして、そなたの知るグインにも縁ある男、ヴァラキアのブランとともに、いま一人、小イシュトヴァーン王子の母君フロリー殿を救出せんがため、この魔殿に忍びいっておる』

　視線を動かさぬようにしてせいいっぱいあたりを見回す。壁の目立たない場所に、ほとんど見えないほどの小さな羽虫が一匹、止まっているのがようやく見てとれた。透明な翅《はね》が、声のするたびにかすかに震えている。

　ヨナはぼんやりとした顔つきを崩さず、豪華な褥《しとね》の上に体を投げ出したままの姿勢で、耳だけに全神経を集中していた。

　監視の魔道は変わらず張りつめられているのだ。息詰まるような静けさの中で、かさかさとした声はなおも続いた。

『そなたの言いたいことはわかっておる。さよう、フロリー殿も捕らえられたのだ、小イシュトヴァーンこと息子スーティ王子をかばったために、身代わりに怪物の手によって引きずり込まれた。だが安心するがよい、われが今、こうしてそなたに語りかけているのと同様、彼女もまた、われの言葉を聞いておるはずだ』

『……だから心安らぐがよい、フロリー殿よ。お子のスーティは無事守られて、黒太子スカール殿の庇護のもとにある』

別の場所、はるかにみすぼらしい地下牢の堅い寝台の上で、フロリーもまた同じ声のささやきを聞いていた。彼女もまた、はじめ聞こえたその声をついに自分が狂気の域に踏み込んだあかしかと考えたが、愛する息子の名を耳にしたとたん、そのような懸念は吹き飛んだ。

「スーティ……」

『むろん、われがさらに保護の術をほどこしておる』

思わず口走りかけた彼女を制するように、老魔道師の声は続いた。彼女の寝台の下、黒かびのふいた藁布団《わらぶとん》に隠れるようにして、ヨナの部屋に現れたのと同じ小さな羽虫が、透明な虹色の翅を震わせていた。

『ミロク教にかかわりがあろうがあるまいが、いま、あの子供に害意あるものはけっして一指も触れることはならぬ。安堵するのだ、そして心を強く持つがよい、フロリー殿よ。ブランの力添えあってこうしてようやくそなたらの所在をつきとめはしたが、いまだ〈新しきミロク〉の擁する異界の魔道の監視網は強い』

フロリーはわずかに唇を引きしめた。

『……こちらの手勢はブランとわれの二人のみ、うかつに動いて穴から蛇を飛び出させることは避けたい。われらの目的はあくまでそなたらを救出し、スーティ王子とともに安全な場所へ逃して、ヤガとミロク教に起こっておる異変を中原とその周辺国に知らしめること、それらに尽きる。われの力をもってしても、このヤガによどむ闇を一掃するには、それはあまりに異質で、強力なのだ』

フロリーは胸に手を当て、震えるような長いため息をついた。

地下牢は寒く、湿っており、明かりは暗い。長い間をおいて響く水のしたたる単調な音に気も狂いそうだったが、愛する息子の無事を知らせる言葉は、どんな励ましよりも彼女に大きな活力を与えた。

『時を待つのだ、フロリー殿』

老いたる大魔道師の声は励ますように続いた。

『必ずわれらは策を講じてそなたらを救いだし、魔性に毒されたミロク教をよみがえらせよう、そのために、しっかりと食事をとり、時至ったときには迅速に行動できるよう、

心準備をしておくのだ。ブランはいま、われとは別行動でミロク教の奥殿に侵入してお
る。あの男ならば必ず邪教のまどわしを打ち払い、そなたらにたどりつくはず——う
む？』

「どうか、なされたのですか」
勇気をふるってヨナは尋ねた。諭《さと》すように続いていたささやきがいきなりとだえ、緊
張した雰囲気がこちらまで伝わってきたからだ。
『……われがブランに与えた護身の品が、どうやら奪われたようだ』
かすかな声がいよいよ低められた。
『あのミロク十字はわれがこの世ならぬ次元から取りよせた金属で作りあげた世界に唯
一の品で、ブランの生命の波動にのみ反応し、同じく異界の魔であるキタイの竜王の力
に対抗することができる。完全に打ち砕くことはできまいが、とにかく、一時危険から
身を守る程度であれば。あの剣士の技倆に護符の力があれば、まさか囚われることはあ
るまいと思うておったが、どうやら、われの見通しが甘かった。いや、待て』
どうなさるおつもりですか、と言いかけたヨナの言葉をさえぎって、イェライシャは
言った。
『ともかく、希望を捨てるでないぞ、ヨナ・ハンゼ博士。そなたもまた、この中原の歴

史の糸車をまわすに必要な星のひとつを負っておるのだ。われはこれからブランの居所を見つけ出し、あのミロク十字を取りもどすとしよう。あれを竜王の手に渡されては、われもいささか困るでな』

『聞け、今しばらくの辛抱ぞ』

ブランが囚われたという話に声も出ず口を両手でおおっているフロリーに、イェライシャはなだめるように告げた。

『われの手落ちは必ず正す。そなたは、そなたの信じる真のミロク教を胸に抱き、悪しき妖術を心から追いだすのだ。可愛いスーティの笑顔を思い起こすがよい。あの子は実によい子だの。たぐいなき宿命を負っておるが、誰しも愛さずにはいられぬ賢い童児よ。あの子をいま一度胸に抱きしめることだけを考えて、しばらく待ってくれい、フロリー殿』

フロリーは黙ったまま何度も頷いた。

見張った両目に涙のしずくが膨れあがって両頬を伝った。羽虫が音もなく飛び立ち、地下にも通う風の流れに乗って空気の精のように離れていった。

魔道師の気配が薄れていっても、寒々しい地下牢はもはや以前ほど冷たくも、湿ってもいないように感じられた。

「ああ、スーティ」

かび臭い空気に愛児の乳の香りのする肌をかぎ分けようとするかのように、フロリーは目を閉じた。

「スーティ。わたしの可愛い、愛しいスーティ」

＊

濡れた石畳の上で、ブランは腫れあがった目をまたたいて身じろぎした。

兵士たちは彼を手足はもちろん、胴体から首までがちがちにくくり上げて、鉄と石の牢獄に放り出していった。一人で三十人近くをなぎ倒した男の暴れっぷりが、よほど怖かったらしい。

あとから駆けつけてきた数人のミロクの騎士に指揮を執られながらも、彼らの手つきはどこかこわごわとして、今にもブランがいましめを引きちぎってまた暴れだそうとしていると思っているように見えた。ブランは見るものの背筋を寒からしめる狼めいた笑みを浮かべて、誰に向けてということなく、いくつかの嘲りの言葉を並べて、起きあがろうとした。

だが、ほぼ全身を鎖でぎちぎちに巻きしめられ、両手両脚に鉄枷をはめられた状態では、せいぜいできるのは頭をあげ、わずかに周囲を見回すことくらいだった。芋虫のようにうつ伏せになったまま、ブランは顎を上げられるだけ上げて、かすかに差してくる光の方を見た。

どうやら〈新しきミロク〉が台頭してから新設された牢獄のようだった。通路に面した一面を占める鉄格子はまだ新しく、鈍い光をおびている。床と壁の石組もまだ新しく、隙間なくきっちり組まれていて、剃刀の刃一枚さしこむ隙間もないようだ。

鉄格子のむこうからは、通路に間隔を置いてともされた灯火のぼんやりした光と、ときおり遠くから監視の兵の足音や話し声がこだましてくる。どうやら今のところ、この牢獄に入れられているのはブランひとりらしい。

「大導師様のお命を狙ったんだと……」

「まるで狂った牡牛みたいに……何十人もが手足を折られて……麦藁みたいに……」

こだましながら聞こえてくる恐ろしげな噂話に、ブランは片頬をゆがめた。

（ずいぶんと大きく買ってくれるものだな）

だが、終わりではない。まだまだこれからだ。

ブランは小さく息を吸うと、ゆっくりと吐き始めた。吸った分のみならず、ゆっくりと時間をかけて、肺の中にためた空気を、限界まで吐ききった。

少しずつ、最後の一滴までしぼり出し、胸が潰れそうになるところまでいくと、身体を締めつける鎖に、わずかなすき間ができた。

ブランは会心の笑みを走らせ、できたすき間から、一気に右肩を引き抜いた。

これは航海の途中の港町で、縄抜けをする芸人から教えられた方法で、どんなに身体をぐるぐる巻きにされていても、息を大きく吸い、胸と腹を膨らませていれば、あとで息を吐いたときにかならず身体を動かす余裕ができるものだということだった。兵士たちが怯《おび》えた手つきで身体に鎖を巻きつけているあいだ、ブランの頭をその記憶がよぎったのはまさに幸運というべきだった。鎖は強力に締めつけられていたため、手足が満足に動かせるほどのすき間はできなかったし、もとより枷が邪魔になって腕を抜くことはできなかったが、ブランにとっては、一方の肩を自由にすることができただけでも十分だった。

（さて、ちょいとばかり難儀じゃああるが——）

背に腹は替えられない。

ブランは縛《いまし》めからもぎ放した肩を軽く回し、上下に動かすと、鋭い気合をかけて筋肉の力だけで関節をひねった。

くぐもった音がした。

ブランの男らしい顔が歪み、傷ついた顔が蒼白になった。

鎖から突きでたブランの肩は不自然な形にゆがみ、こねた粘土のようにぐにゃりと変形していた。

激痛に漏れそうになるうめき声をこらえ、さらに、ごきりと関節を鳴らした。

異様な形に変形した肩から鎖がすべり落ち、続いて、右半身が自由になった。

喉の奥から長い唸り声をもらし、痛みに蒼白になりながらブランは身をゆすって鎖を振り落とし、枷のついた両腕を鎖の中から引きずり出した。

がつん、と音を立ててふたたび関節をはめると、ブランはしばらく、苦痛と痺《しび》れにあえぎながら横たわっていた。

自ら関節を外して捕縛を逃れることはヴァラキア時代から身につけていた芸当だが、さすがに、しばらく騎士として暮らして使うこともなくなっていると、どれほどの苦痛を伴うものか忘れていた。

いや、しばらく使っていなかったから錆びついて、よけいに痛かったのだろうか。俺ももう少し、荒っぽい修行を欠かさないほうがよさそうだ、とブランは途切れがちな呼吸のたび疼《うず》く肩と肘に耐えながら、苦笑いした。

痛みと痺れが薄れて、楽に呼吸ができるようになるまでじっと横たわっていた。

半刻《ザン》ほどたってようやく、そろそろと身を起こした。力を入れるとまだずきりと痛み、ブランは顔をしかめたが、とにかく、自由に動かせることがいまは肝要だ。

壁ぎわまで少しずつ身体を引きずっていって、壁を背にして上半身を持ち上げる。じゃらじゃらと鳴る鉄の輪を押しのけ、身体に巻きつけられた鎖から、やっと完全に抜け出ることができた。

鉄枷でいましめられた両腕と両脚を見下ろす。あのあわれなイグ＝ソッグを拘束していたのは完全に溶接され、外すことなど不可能なしろものだったが、これは普通の、錠を下ろして輪を開閉する方式のものだ。

上衣の胸の上はからっぽだった。イェライシャのミロク十字がないのが、自分でも驚くほど心細かった。いざとなればあのイェライシャの力を借りることもできるという安心感が、よけいにブランを大胆にしていたのかもしれない。

だが、縛られるとき、衣服まで奪われなかったのは幸運だ。

ブランは枷でつながれた両腕をそろそろと動かし、おなじく枷で縛られた足を引きよせた。すり切れた牧童らしい粗い織りの下穿きの裾を、注意深く指でさぐっていく。

やがて、引っぱり出したのは、髪の毛を数本まとめた程度の太さしかない、丈夫な鋼線だった。

見た目は頼りないほど細いが驚くほどしなやかで粘りづよく、どのような形にも曲げられるし、根気よくこすり続ければちょっとした木の柵格子くらいなら切断できる。

落とさないように一端を口にくわえて引っぱり、完全に衣服から引きだした。口と手の指と足の指を器用に使って、しなやかな鋼を特有の形に折り曲げる。

出来上がると口にくわえ、動かすとまだ槌で叩かれるように痛む肩と肘をできるだけ無視して、腕をいましめる枷の鍵穴に近づけた。

長時間無理に締めつけられていた腰や背中がぎしぎしと音を立て、抗議の悲鳴をあげた。

だが、かまっていられる場合ではない。ブランはすさまじく顔を歪め、歯をむき出し、頭の芯まで白くなるような激痛を感覚から締めだそうと苦闘した。口にくわえた鋼線の先の感覚にだけ集中する。

鋼線が鍵穴をかすめ、またかすめ、滑って、弾かれた。

線をくわえた口の端から短い呪いの言葉をもらして、もう一度挑戦する。

片目をつぶって狙いをさだめ、じりじりと鍵穴に近づけていく。

曲がった先端が穴に入った。中のてこやばねの組みあわさった機構が感じられる。痛みと神経集中で頭が割れそうに鳴っていた。

ブランはきつく目をつぶり、細い線の先に触れるほんのわずかな感覚以外のすべてを意識から消し去って、頭の中に小さな暗い空間を進んでいく細い鋼の線の先だけを思い描いた。

ほんのわずかな手ごたえ。

小鳥の羽毛のひとすじが触れたよりもまだ軽いそれを、ブランは逃さなかった。さらに繊細に鋼を動かし、小さな暗黒の奥のかけ金をひっかけ、そろそろとてこを持ち上げる。

　カチッと小さく音がした。

　唐突に片方の枷の輪が外れ、もう一方の腕からだらりと垂れさがった。

　ブランは唇から鋼線をもぎとり、すばやく足枷の鍵穴につっこんだ。

口でやるよりもずっと簡単な仕事だった。手枷にかかった時間の半分ほどで、足枷は床に放り出された。

　ブランはいまや完全に束縛から解放され、牢獄の壁によりかかって、息をついていた。

身体中が痛み、何度も殴られ蹴られたせいで切れた唇や頬が腫れあがって血の味がしていた。だが、世界をめぐる不敵な冒険商人の血が、ふたたびブランの中でわき立っていた。

　破れた服から覗く胸に血の筋をつたわせたブランは、むしろ愉しげな微笑さえ浮かべていた。イグ＝ソッグの肉体に閉じこめられていた時と比べれば、自分の身体を取りもどして自由に動けるというのは、なんと気分のよいものだろう。

　イグ＝ソッグのことを思い出したために、あの怪物が心に抱いていた望みに思い至り、ふたたびわずかな憐憫《れんびん》を感じた。アグリッパによって見るも恐ろしい姿形を与えられた人工生物が本当に望んだのは、ただ、普通の健康な人間になることだけだったとは。

（やはり俺は、魔道というものは好かんな。老師には申し訳ないが）

胸にミロク十字のないことにはやはり落ちつかないものを感じながらも、ブランは思った。

魔道を修め、一時はサイロンとグインをさえ手に入れようとしていた怪物が本当にほしかったものが、いまここで身体中に傷と痛みを抱え、生まれたての子馬のようにふらついているブランでさえ、いや、裏街の赤ん坊でさえ、持ち合わせているものだということが憐れだった。

（……そのようなことを考えている場合でもない、か）

また通路のむこうから反響してきた兵士の足音と話し声がブランの意識を引き戻した。きしむ身体を動かして鉄格子に寄りかかり、鉄棒の間から手を伸ばして有能な鋼線を錠前につっこむ。こちらは枷よりもずっと簡単に陥落した。ガチンと金属のぶつかる音がして、錠前は床に転がった。

「あっ、貴様！」

通路のむこうであわてた声がした。もはや一刻も無駄にできない。

猫のようにブランはせまい扉をくぐり抜け、通路に出た。

呼び子が鳴り、怒鳴り声と武器甲冑のがちゃつく音が近づいてくる。

身を低くして、とりあえず、人声のする方向とは反対方向に駆けだした。まだ多人数を相手に戦えるほどには回復していないと肉体が告げていた。

とにかく今は追っ手を振り切り、どこか身を隠す場所を探すか、できれば、この地下から脱出できる道を探すのだ。イェライシャと連絡が取れないのが気がかりではあるが、あの老人ならば自分の面倒は自分で見るであろうし、ブランとの繋がりが切れたのにも気づいて、探しに来るに違いないと読んでいた。

（ヨナ殿と、フロリー殿は無事だろうか――）

だが今は、自分の身を守るほうが先だ。

四肢の痛みでよろめきがちなブランに、数人の兵士が追いついてきた。

「網をかけろ！」

「槍を持ってこい、足を突き刺してやれ――」

「投げ縄はまだか、早くしろ！　早く」

頭の上でぱっと投網が広がった。ブランはさっと転がってよけ、網がむなしく壁の突起にひっかかってぶら下がるのを見て荒々しい嘲笑を放った。もつれてしまった網をほぐすのに、数人の兵士があわててとりついている。

「俺はどうやら網にかけるには大きすぎる魚のようだぞ、腰抜けども！」

槍ぶすまを先にたてて押し寄せてくるのを、すばやく間合いを詰める。相手の驚愕した顔ににやりと笑いかけて唾を吐きかけ、「馬鹿め！」と怒鳴りつけて、左腕にぶら下がったままの重い鉄枷を、勢いをつけて振り回した。

兵士がひとりふたり、額を割られてひっくり返り、槍ががらがらともつれて落ちた。さらにその上に、後ろから殺到してきていた数名が躓《つまず》いた。

「待て！　動くな！」

「ちくしょう、俺の身体に乗っているのは誰だ？」

「息ができない！　誰だ、早く腕を下ろせ！　首が折れる！」

もつれあって倒れ、罵声を飛ばし、おたがいの手足やら顔やら武器やらがからまって動けなくなっているのに冷笑を向けて、ブランは通路を進んだ。

暗い通路が延々と続く。並んだ松明がブランの乱れた髪と歯をむき出した微笑を交互に照らしだした。背後から、やっと立ち直ったらしい兵士たちの足音が、またもや乱れつつ追ってくる。

（おっ——）

ずらりと並んだ牢屋の行き止まりに、地下へ下りる階段があった。この牢獄は階層構造になっているらしい。それとも何らかの地下施設を改装したためにこうなっているのか。

考えている時間はほとんどなかった。見つけた階段を転がるように下りる。段は狭く、急で、一段下りるたびに酷使された膝がつぶれそうに感じられたが、かまっている場合ではない。兵士たちの騒ぎが近づいてくる。

「逃すな……大導師様に……」

「お知りになられたらどんなお叱りを……」

ブランは急な階段を颶風《ぐふう》のように通り抜け、下の階に飛び出すと、出口のすぐわきに身をひそめた。兵士たちの足音と話し声がすぐ近くに来る。

「いったいあの鎖と枷をどうやって……」

「まあ、あんたたちには想像もつかん方法さ」

いきなり相手の顔の前に顔を突きだしてそう返事し、同時に、固めた両拳を相手の側頭部に身体ごと振り回した勢いで叩きつけた。

兵士は白目をむいてその場に崩れ落ち、急な階段を勢いをつけて降りてきた兵士たちは、その場で止まることができなかった。上階で起きたと同じことがまた起こり、人間のもつれあった山がまた築かれた。見通しのきかない階段で後続の兵士たちは止まることができず、罵声を上げる人間の山は、みるみるうちに前にも増して高くなっていった。

「なあ、想像もつかんだろう、あんたたちののろまな頭じゃな」

冷笑して、ブランはさっさと駆けだした。悪罵と呪いの声、それにまたもや犠牲者が巻きこまれるがらがらドスンという音が追いかけてくる。走りながら、ブランは哄笑した。

下の階は上よりさらに薄暗く、ほとんど使われていない建物特有の、埃と腐朽《ふきゅう》のにおいがしていた。左右には暗い空間が口を開けており、何者かがうつろな目でブランを見つめているようだった。舞い上がる埃を蹴り立ててブランは駆けた。

地下牢獄が何層あるのかはわからなかった。兵士たちがなんとか起きあがって追いかけてくるたび、ブランは過去に経験した追跡と逃走のあらゆる手を使って相手を翻弄した。降り口が階段一つしかないことと、どうやら相手もまたこの牢獄の構造を把握しているわけではないらしいことが、ブランに味方した。

石畳をゆるめて落とし穴を作り、転がっている石材を拾って罠を組み、壁に燃える松明の光を利用してにせの影を投げる。世界の都市の裏道で剣を打ち合わせ、汗を垂らしてにじり寄ってくる敵のひき歪んだ顔に嘲笑を投げつけてきた記憶がブランに活力を与えた。よろめき、喚《わめ》いて追いかけてくる敵の、宗教者にはふさわしくないと思われる悪態に、もっとすさまじい悪態で答えるブランは、いまやすっかり荒々しい海の男だった。

だが、さすがに、息が上がってきた。もはやどれほど地下深くに潜ってきたのか、数えることもできなかった。そもそも最初から、いったいヤガのどこのどういうところなのか、そもそもここがヤガなのかさえ、確かではない場所なのだ。

ついにブランは足を止め、肩で息をしつつ壁によりかかった。関節を外してはめ直した肩が赤黒く腫れあがり始めている。強靭な生存本能だけが、ブランを前に動かしていた。目はくらみ、痛みはもはや痛みとすら感じられぬぼんやりした靄《もや》となって意識をおおっていた。朦朧《もうろう》としたままブランは考えるともなくイグ＝ソッグの異形の肉体のことを考え、あの怪物が心底望んでいたものがこれほど無様にまた無駄に消費されていくことについて、ぼんやりとした皮肉を感じた。

突然、足もとが崩れた。

身体の釣り合いを失って、ブランは転落した。

さほどの高さではなかったが、酷使した体には落下の衝撃はきつかった。背中を打ったために、しばらく息もできずにそこに横たわっていた。頭上には抜けた床石が四角く口を開けており、足もとには当の床石が、乾いた漆喰をこびりつかせたまま転がっている。

声が近づいてきていた。

ほとんど考えることなくブランは行動した。足もとの床石を拾いあげて頭上の穴にもとどおり嵌《は》めこみ、手探りした先に触れたなにか太い木のようなもので、つっかい棒をする。

落ちた空間は狭く、乾いて埃っぽく、暗かった。手に触れる壁にはたくさんのでこぼこや出っぱりがあり、そのうちの一つに木の端を押しこんで、しっかり固定する。

『どこだ？　どこへ行った？』

『確かにここへ降りてきたはずだぞ！ ここより先に行く場所などないはずだ！』

焦って怒鳴りかわす兵士の声が頭上で交錯する。

念のため、つっかい棒に手を添えて支えながら、ブランはじっと息をひそめた。

何度か兵士の足がゆるんだ敷石を踏み、傷めた腕が折れそうに軋（きし）んだが、ブランは耐えた。幸運にも兵士は気づかず、つっかい棒に使った木も、たわみも折れもしなかった。

兵士たちはなおしばらくそのあたりを歩き回っていたが、ついに諦めて、騎士様方にご報告申しあげようと言いあいながら去っていった。

彼らの長靴が石にぶつかる音が完全に聞こえなくなるまで、ブランは息をつめ、目を閉じ、つっかい棒に添えた手を放さなかった。

最後の靴音の反響が消えてかなり経ってから、ようやくつめていた息を吐き出し、目を開けた。はんぱな高さの場所で長いこと中腰になっていたために、腰と上半身が砕けそうに痛む。

つっかい棒から手を放し、崩れるようにその場に腰を落とした。ぐっしょりと髪を濡らす汗をぬぐおうとした時、自分がそれまでつかんでいたものが何かに気づいてぎょっとした。

（骨——だと）

疑いもなく、それは骨だった。しかも人間の、おそらくは大腿骨。

太くしっかりとした骨格は男のものだろう。はじめに摑んだときは夢中だったのと暗かったので気づかなかったが、象牙のように黄ばんだそれはすっかりきれいに肉のなくなって磨きあげられた、まぎれもない人間の足の骨だった。

ブランはあわてて手を放し、手のひらをはたき、立ちあがってあたりを見回した。

薄闇に慣れた目がしだいにはっきりあたりの様子を捉えるとともに、喉がごくりと鳴るのを聞いた。

(骨の……山？　いや、これは)

骨でできた部屋──いや、聖堂か。

歯をむき出し、暗い眼窩を開いた頭蓋骨がずらりと並んで、低い天井をかざる天蓋となっていた。柱頭飾りには腕の骨と足の骨が交互に並べられて花の形を作り、柱そのものもまた大腿骨と上腕骨を何百何千本となく立て並べて作られている。

房飾りのように見えるのは、手指の骨を組み合わせたものだろうか。大小の肋骨が組み合わされて壮大な穹窿《きゅうりゅう》をなし、いたるところで肩胛骨が翼を広げ、背骨が花綵《はなづな》として張りめぐらされていた。

骨盤を使った輪文様が壁のそこここに織り込まれ、腕や足の骨を並べた壁面に変化を与えている。天井から下がる蠟燭《ろうそく》立てはすべて肩胛骨と前腕骨でできており、一種異様な美しさがあった。

骨はどれもかなりの年月が経ったものらしく、黄ばんで崩れていたが、最初にブランの手に触れたもののように、しっかりと完全な形を保ったものも多くあった。

ところどころにほぼ完全な姿の骸骨が、ぼろぼろになった衣をまとい、朽ちた祈り紐の残骸らしきものを手にして、龕の中に収められていた。その龕もまた人骨で縁取られ、指骨と歯、そして子供のものらしい磨かれた小さな頭蓋骨が、花のように飾りつけられていた。

足もとの床も大腿骨と腕骨を交互に組み合わせて張られ、ところどころに置き石かそれとも鉢植えの花のように、頭蓋骨がいくつも積まれている。

水盤か噴水めいた囲いもあり、水は涸れていたが、その中央に立った塔は、さまざまな種類と大きさの人骨を複雑に組み合わせた、陰気だが見事な芸術品だった。

その頭には、ひときわ立派な頭蓋骨を支える手の形が完璧に作りあげられ、骸骨は祈るかのように骨でできた丸天井を振り仰いで、肉のない喉から声をあげていた。

「なんだ……ここは」

墓場なのか、それとも、もっと邪悪な目的によって作られた何かなのか――

――だが奇妙なことに、最初の衝撃が過ぎると、ブランはこの人骨だらけの場所に、それほどの恐怖を抱いていない自分に気づいた。

ここにはただの墓の静けさというより、もっと厳粛なもの、ある神聖さともいうべき空気が流れていた。

どの骨も、どんな小さな骨ひとつもゆるがせにせず美しく磨かれ、丁寧に配置されている。

たとえば〈新しきミロク〉やキタイの竜王の魔道が感じさせる、生者も死者もいずれも愚弄し足蹴にするような、そのような雰囲気はみじんもない。

燐が発光しているのか、あたりは薄青い光にぼんやりと陰翳《いんえい》を浮かびあがらせている。

ブランはそろそろと腰を伸ばし、奥に続いているらしいこの人骨でできた奇妙な場所──聖堂、あるいは礼拝所──の奥に何があるのか、目をこすって見定めようとした。

「……そこに来たのは、誰だ」

骸骨の眼窩を吹き抜ける風のような声だった。

ブランは前に進めかけた足をぎくりと止めた。

青い燐の光にちらつく奥の薄闇から、陰々とその声は響いてきた。

「……この、忘れられたソラ・ウィンの御堂に足を踏み入れる者は、誰だ……？」

第二話　魔道師の弟子

「見つめよ。ただ見るのではない、その本質を〈視る〉のだ」

ヴァレリウスは言った。

1

ワルド城は古い城塞である。パロとケイロニアを結ぶワルスタット街道が確立し整備される以前から、ワルド山脈の唯一の切れ目であるこの地点に要塞として存在し、いくつかの勢力に占領されまた奪い返されては、さまざまな歴史をその壁に血と煙で刻んできた。

いま、ヴァレリウスが赤毛の少女と向かい合って腰を下ろしているのはその地下、かつては武器庫として使われていた暗くかび臭い一室である。

かすかに鉄錆のにおいが残り、壁には剣や矛が並べられていたあとだけが黒っぽく残っている。現在使われている武器庫や食料庫はもっと上層にあって、ごく古い層に属することまで降りてくる者はほとんどいない。

アッシャはむすっとした顔で口をむすんで目の前の蠟燭に見入っている。獣脂蠟燭は黒い煙をうすくたなびかせながらゆらゆらと長い舌で地下の薄闇をなめており、橙と黄色の光が師と若い弟子の影をそれぞれに床と壁に映し出していた。

もう袋布のようなぼろは着ておらず、少年のようなあっさりした仕立てのシャツにぴったりしたズボンと長靴を身につけ、身ぎれいな下働きの少年に見えた。

腰に巻いた帯には父親がリギアから受け取り、今や彼女のものとなった紋章入りの短刀がしっかりと吊されている。短く切った赤毛はきれいに櫛を通され、つやつやと光っていた。

「火だ」

ややあって、ぶすっとした顔のままアッシャは言った。

「火は、火だ。あたしにはそれしか見えないよ、お師匠。暗くて臭くて煙っぽい火。ただそれだけだ」

「そう、普通の人間が見るのはそれだけだ。だが、どんな火にも、〈火〉の本質が宿っている。この世界を構成しているさまざまな元素と力の実在を見極めることから、魔道の修行は始まる。よく見るのだ、アッシャ」

ヴァレリウスは黒煙を上げる獣脂蠟燭に手を伸ばした。

手を椀のようにしてすくい取ると、煙っている芯の上から、花をつみ取るように炎がそっくり離れた。

アッシャはぽかんと口を開けて、ヴァレリウスの手の上でなおも燃えている火のちらちら揺れる舌を見つめた。

燃えるもの、燃やすものが何もないにもかかわらず、ヴァレリウスの手の上で炎は踊り、勢いを増し、怠惰で眠たげに揺れるだけの黄色い火から、しだいに血の真紅と白熱する金へ、そしてまばゆいばかりに弾ける青白い星の炎へと変化していった。

「それ……」

ようやく、あえぐようにアッシャは訊いた。

「それ、熱くないの？　やけどしないの？　どうやってるの、お師匠」

「これが〈火〉だ」

ヴァレリウスは簡単に答え、軽く手を揺らめかせた。

手の上で星の炎が踊り、見捨てられた武器庫に白く清浄な光をもたらして、部屋の隅々にたまった埃や錆の粉、通うものもいなくなった鼠穴などを容赦なく照らし出した。

「〈火〉は熱い」

ヴァレリウスは言った。

「ものを燃やす。灰にする。汚れを祓い、あらゆる形に変化し、生命に熱を与える。それらすべてが〈火〉に含まれているものであり、言葉にできる範囲ではない部分がそれ以上にもっと含まれている。〈水〉、〈土〉、〈風〉、それらすべてが同じだ。魔道の根元とは、言語ではないそれらすべてを理解し、身につけ、意志力によって形を変える方法を覚えること、それにつきる」

「だったら教えてよ」

じれたようにアッシャはせがんだ。短い赤毛が山猫のように逆立っている。

「あたしを魔道師にしてくれるんでしょ。お師匠がそういったんだよ、自分について、魔道を習いなさいって。あたしには、ものすごい魔道の力が宿っているから、それの使い方を習いなさいって」

「だから、教えている。これがその第一歩だ、アッシャ」

手の上で燃えている炎をヴァレリウスはアッシャに差し出した。

「視ろ。そして、感じろ。炎のいかなるものかを、〈火〉の持つ神髄を。お前には一日も早く、使える魔道師になってもらわねばならんのだ。われわれには時間がない。人員もな」

アッシャはまばたき、まばゆく揺れる炎を凝視した。唇をひきしめ、きつく噛んで、自分が騙されているのかどうなのか信じ切れていないかのように目を細めた。

やがて、決心したようにおそるおそる手をのばし、今では純粋な白銀の薔薇となっている、炎の上にかざした。

「火」

彼女は呟いた。

めくるめく輝きを放つ炎の中心に、その瞳は吸い寄せられていた。子猫のような彼女の顔の碧緑《あおみどり》の瞳、甲虫の前翅めいて金属的な奇妙な色をした双眸は、〈火〉の光を受けて、そこだけが別の生命を得たかのように虹色のきらめきを帯びていた。

まばたき、またまばたいた。小さな顔の中で目ばかりがどんどん大きくなり、輝きを貪欲に呑み込むかのような異様な輝きを帯び始めた。

ヴァレリウスは息を殺して弟子のようすを窺《うかが》った。アッシャの顔からはしだいに表情が消え去り、奇妙にうつろな、無関心とも極度の熱狂ともどちらともとれる、満ち足りた空白とでもいうべきものがとってかわった。

「火……火……これは火」

小さな唇が動き、ひとりでに言葉が流れ出た。

「燃やすもの……焼き尽くすもの……熱いもの……揺れ動き、形を変えるもの……火……火──」

われ知らずヴァレリウスは息を止めていた。ともすれば震えようとする手をじっと中空に支え続ける。灰色のもつれた髪の下で脂汗がにじみ始めていた。

「――火……」

なにかに操られるようにアッシャは指を出した。

白い細い指はわななきながら延び、回転する炎の薔薇の花弁に、そっと触れた。

あっという声がこだました。

アッシャは水ぶくれのできた指をひっこめ、口に入れてしゃぶった。緑の大きな目に、みるみる涙が盛り上がってきた。

「ひどいや、お師匠、やけどさすなんて」

指を吸いながら、半泣きになってアッシャは抗議した。

「火は熱い。うかつに触れれば火傷する。それもまた〈火〉の本質の一つだ」

ひとつ息をついて、ヴァレリウスは手の上の光り輝く薔薇を蠟燭の上に戻した。部屋に溢れていた光が吹き消されたように弱まり、黄色っぽい弱々しい火がまた蠟燭の上に揺れた。

アッシャは唇をとがらせてちゅっと指を離し、水ぶくれと赤剝けになった指先を不服そうな目で見ている。

（やはり、ただ者ではないな、この娘）

内心で呟いた言葉はもちろんアッシャには聞こえていない。〈火〉の本質に極限まで近づけた純粋な熱に触れて、火傷と水ぶくれだけですむということが、そもそも普通にはありえないのだ。

　魔道の才能のないものなら一瞬にして全身焼き尽くされるか、最良でも触れた指一本まるごとは確実に失っている。普通のたき火にちょっと触れたのとはわけが違うのだ。たった今、自分が、ある程度訓練を積んだ魔道師候補生すらしばしば失敗する試練を、あっさり乗り越えたことを彼女はおそらく気づいていまい。純粋な〈火〉の精髄をあれだけ長く手の中に保っておくのは、上級魔道師であるヴァレリウスにしたところで、かなりの集中と訓練を必要とすることなのだ。

「さあ、もう一度だ」

　ヴァレリウスはわざときびしい声を出して、アッシャを蠟燭に向き直らせた。

「火は熱い。触れれば火傷をする。すでにお前は〈火〉の本質をふたつ学んだ。学ばなければならないことはまだまだあるぞ、アッシャ。その火傷の痛みも学ぶべきことのひとつだ」

「ねえ、こんなことしてて、ほんとに魔道師になれんの？」

　アッシャはまた指を口に入れて吸いながら、不明瞭にもごもご言った。

「あたしはただの町娘だからわかんないけどさ。魔道師っていうのは、アムブラだかどこかの学問所でいっぱい勉強して、なんだか古くて難しい文字とか、古代語のすごい本とか、いろいろ覚えなくちゃなれないんじゃないの？　なんだかそんなふうに聞いてるよ。すごく優秀な人しかなれないって。あたしは普通の文字さえ読み書きできないのに、こんなことしてて、本当に魔道師になんてなれるの？」

ああ、俺にもその自信が持てればいいんだがな、とヴァレリウスは腹の中で呟いた。

だが今は、信じて続けるほかはない。

「火を視ろ、アッシャ」

返事の代わりに、ヴァレリウスは繰り返した。

「視て、視つめ、この一片の炎に隠されたすべての秘密を書物のように読み解くまで続けるんだ。ここには初等科の教科書も、上級ルーンの教本も、アドルファスの初級魔道書もレンギウスの呪文の手引きも、幾代も続いたギルドの魔道師たちが書き残した文献も、何一つない。だからお前は、自分の体と感覚で覚えるしかない。両親の仇をとりたいなら、アッシャ、続けろ。それしかお前が力を身につける道はない」

両親の仇、の一言が耳にはいると、アッシャの顔は青白く引き締まった。

とがった顎と大きな目の子猫じみた顔がいよいよ細く見え、短く切った赤毛が獣が毛を逆立てるように揺れた。

指を口から離して膝におろし、アッシャは蠟燭の前に座り直した。

ヴァレリウスに指示された通り、足を組み、目を半眼にして、揺らめく炎の向こうに隠された秘密を残さず読みとろうと意識を沈めていく。

息を殺してヴァレリウスはその様子を眺めながら、自分はこの娘を救おうとしているのか、それとも、ただ利用して地獄の淵に突き落とそうとしているだけなのかという、もはやお馴染みになった疑問を腹のうちでこねまわしていた。

＊

衣服を抱えて階段を下りてきたところで、リギアはふと足を止めた。

ブロンと誰かもうひとり、覚えのない男が、廊下の松明の下で低い声で言葉を交わしている。見知らぬ一方はケイロニア貴族らしき、質実剛健ではあるが仕立てのしっかりした胴着に飾りのないマントをかけ、肩にケイロニアの紋章を縫いつけている。

リギアが来たのに気づくと、二人はすぐに話をやめた。

「ごめんなさい、お邪魔をするつもりはなかったわ」

湯を使ったばかりでまだ湿っている髪を目から払いのける。

「よろしければ、そちらの方は？」

「ああ、こちらはこのワルド城と、ワルスタット山脈一帯の防備を任されておられる、ワルスタット侯ディモス殿下のまたいとこにあたる方で、ドース男爵でいらっしゃいます」

ブロンがあわてたように紹介の礼を取った。

「閣下、こちらが先ほどお話しした、パロの聖騎士伯リギア殿です」

「パロ聖騎士団クリスタル王宮所属、聖騎士伯リギアと申します。恐れ入ります、ドース男爵」

リギアはすばやく衣服を床に置き、サンダルの踵を軍靴のようにカチッとあわせて騎士の礼を取った。

「リギア殿。お噂はかねがね」

ドース男爵は鉄色の髪と頬髭に顔の半分を覆われた壮年のたくましい男で、平服をまとっていてすら、堅くて量の多い鋼色の髪は兜をかぶっているかのように見えた。マントの下には広い肩と厚い胸が盛り上がり、足は短くて太く、いささかがに股気味に見える。山岳民族として聞こえた勇猛なワルド族の典型といえる容姿である。鷲鼻の両側の目は刺すように鋭く、色が淡くて、二つの氷のかけらをはめこんだようであった。

またいとこのワルスタット侯は金髪の大変な美男子だと聞いているが、リギアとしてはこちらの実務一徹な顔立ちの方が好ましかった。彼は足を止めたリギアに自分から近づき、無骨な手を出して軽くリギアの指を握った。

「クリスタルの惨状はいましがたブロンから報告を受けました。ご無事でよろしゅうございましたな」

「ブロン殿とケイロニアの方々のおかげですわ」

本心からリギアは言った。

「わたしたちだけではたとえクリスタルから逃げ出せていたとしても、とうていこのワルド城までたどり着くことはできなかったでしょうから。保護を与えてくださった上、食物と衣服の替えまで用意していただいて、感謝の言葉もございません、閣下。ありがとうございます」

「いや、いや、お気になさらず」

ごつい手をかるく振って、男爵はリギアの感謝を抑えた。

「友であるパロのお方の苦難を救うことができたのならば、それでこそケイロニア騎士の本望というものです。たとえほんの数人しか救えなかったとしても、凶王イシュトヴァーンの暴虐から、宰相殿と王位継承者の殿下をお救いできた意味は限りなく大きい。われらにとっても……」

男爵は言葉をとぎらせ、ちらりとブロンに目を走らせた。二人の間に走ったわずかな緊張を、リギアはすばやく悟った。

「失礼して、上で休ませていただいてもよろしいでしょうか、閣下？　ここまでの強行軍で、一行、いささか疲れておりますの。ブロン殿も一息入れられればよろしいのに」

「ま、そうできればいいのですがね」

無精髭ののびた汚れた顔に、ブロンは苦笑を浮かべた。

それ以上はなにも言わず、二人に一礼し、リギアは通路を回って別の階段をあがった。階段を数段のぼり、足をとめて耳をすませると、二人がまたぼそぼそと、真剣な声で話し合いはじめるのが聞こえてきた。

「……鼠《トルク》が……」

「王妃……シルヴィア――公……ハゾス殿のご意見では……」

断片的に聞こえてくる単語はどれも重要そうなものばかりだったが、それらをつなぎあわせて、何が起こっているのか考えるには、さすがにリギアも疲れすぎていた。あきらめて、そっとあくびをし、階段の最後の数段を足音をひそめて昇る。

ワルド城は山岳の砦から発達したため、山の斜面に貼りつくように建物がうねうねと四方に延びている。つい習慣で首を伸ばし、城のほかの部分、できれば全体像を見渡そうとしたが、かなわなかった。

リギアたちが休息用に与えられた一角は、木立に囲まれ、涼しく快適ではあったが、そのかわり、茂みと飛び出た山塊にはばまれて、周囲の様子はほとんどうかがいみることはできない。

ま、それもそうだ。いかに同盟国の人間とはいえ、ケイロニアへ至る街道の要衝であるワルド城の内部を、そう簡単に他国者に見せるわけにもいくまい。茂みに群れる夜鳴き虫の音《ね》がかすかに、銀の鈴を震わすかのように続いている。

「あ、リギア」

部屋に一歩はいると、灯りのもとで足を組んで難しい顔をしていたマリウスが顔をあげた。膝の上にはなにやら塗りの剝げた木でできた、一方だけが太くふくれた弓のようなものがある。

「なに、それ。ヴァレリウスとアッシャはまだ戻ってきてないの?」

「かなり古い形の竪琴だよ。倉庫の隅っこで見つけたんだ」

あとの質問は無視して、マリウスはうれしそうに木っ端と弦のからまりあった何かを持ち上げてみせた。

どうやらリギアに湯浴みを譲ったと思ったら、そんなものをどこかから掘り出してきていたらしい。栗色の巻き毛に、どこかの片隅でくっつけてきたらしい蜘蛛の巣が垂れ下がっている。リギアはため息をついた。

「ほんとに、あんたの頭の中には歌しか詰まってないのね、小鳥さん。ねえ、あたしはヴァレリウスとアッシャのことも訊いたんだけど」

「二人とも、まだ地下だよ」

弦を歯でくわえてひっぱりながら、もごもごとマリウスは言った。

「ねえ、ほんとにできるのかな、あの女の子を魔道師になんてさ?」

リギアにはなんとも言えなかった。そのことについてはヴァレリウスとさんざん話し合ったあとだったのだ。内心ではリギアもまだ迷っている、だが、ほかに方法があるのかと言われると、返す言葉もないのがいまの現実だった。

森林地帯を大回りして抜けるには、けっきょく二十日以上の日にちがかかった。その後、異形の怪物の襲撃はなく、警戒していたリギアやブロンは胸をなでおろした。人目のある場所であのような派手な術を使ってくることはないだろう——今のところは、まだ。

ようやく森を抜けたあとも、先遣隊をシュクの町に送って様子を探るのにさらに三日を要した。シュクは小さくともワルド街道の要衝だが、それだけ人々の行き来が多く、噂も入ってきやすい。

安全を確認してからケイロニア騎士団一行はひっそりとシュクに入り、ようやく一息ついた。疲れ果てているマリウス、ヴァレリウス、それにまだ意識のはっきりしないアッシャを宿屋に匿《かくま》い、ほかの者たちは流れの剣士や商人に扮して情報を集めに出た。ワルド山脈を越え、完全にケイロニアの勢力圏内にはいったと確信できるまで、身元を知られるような危険は冒すべきでないとの判断だった。

リギアもまた旅の踊り子を装って（ブロンはにやりとしていたが、ほかの謹厳なケイロニア騎士たちは度肝を抜かれていた）町に入り、歩き回ってそれとなく商人や旅人たちの話に聞き耳を立てた。

どこもかしこも物騒な話にはことかかないようだったが、やはり大きいのは、昨今のサイロンを襲った疫病と、その後の異変の数々だった。伝わるうちに話にさらに尾鰭がついたのではないかとリギアは感じたが、話している人々は、誓って本当だと力説した。空に二つの大きな顔が現れ、朝のこない暗黒が続き、姿の見えない巨大な馬蹄の響きが天空からとどろき渡って、建物の数々を踏みつぶしていった、と。

「どうやら信じた方がよさそうね」

踊り子のリギアのそばに従者のような顔をして従っているブロンに、リギアはささやいた。

「尾鰭がついたにしてはみんなの話が一致しているわ。グインがどうやらうまく収めたようだけれど、それにしても、いったいどこの魔道師たちがそんな騒ぎを起こしたのかしら。ケイロニアにも魔道師はいるのよね？　まじない小路、と言ったかしら」

「パロでのように、統制の取れた組織があるわけではありませんが」

うなずいたブロンは踊り子に付きそう荷物持ちの服装で、黄色いだぶだぶの胴着にクム風のゆるい足通しをつけていたが、鋭い眼光と引き締まった顎はどう見てもたんなる下働きのそれではなかった。

「まじない小路はむしろ、さまざまな魔道師や魔女、まじない師、うらない女など、質も力もさまざまな術者たちが、それぞれ勝手に独自の居場所をかまえている場所だ、と聞き及びます。私は行ったことがないので詳しいことは知りませんがね。うっかり足を踏み入れて、そのまま帰ってこれなくなる者がよくいるとかの噂も聞く」

「そのまじない小路の魔道師が騒ぎを起こしたのかしら」

「わかりませんね。魔道師という種族はだいたいわれわれの理解を超えていますから。それに奴らはやろうと思えば、一瞬でここからキタイの奥地へでも飛ぶことができるのでしょう」

ブロンはうんざりした様子で首を振った。

「まったく、森で襲ってきたあの化け物を思い出すと、今でも胸が悪くなる」

「でもまだ、少なくともクリスタルを襲った竜頭兵の噂は届いていないようね。ここには」

「さすがに遠いですからね」

念のため、中に剣を隠してある派手な化粧箱を抱えなおして、ブロンはあたりを見回した。

シュクには旅人目当ての宿屋や食堂にあわせて、酒場兼女郎屋も多い。呼び込みの声がにぎやかに飛び交う間に、手押し車の台に果物や水で割った蜂蜜酒、冷やしたカラム水を並べて売っている小売商人や、串にさして揚げた魚に酢と香草をかけたもの、ガティ麦の薄焼きに肉を巻いた軽食などを売る屋台も軒をならべている。

「もしあの時クリスタルを脱出できた人間がいたとしても、ごく少数でしょうし」

揚げ魚と冷えたカラム水をいっしょに飲み食いしている時に、ブロンがつづけて言った。

「彼らから噂が伝わるにしても、われわれより先に届いているということはないでしょう。こちらも森林地帯でかなり時間を食いましたし、それに――」

「脱出できた人間が本当にそんなにいるとは思えないしね。残念だけど」

淡々とリギアは言って、白い歯で揚げ魚の骨をかみ砕いた。

「どうやらゴーラ――というか、イシュトヴァーンとその後ろの魔道師がここまでは手を伸ばしてきていないのはいいことだわ。どうせ監視はされ続けてるんでしょうけどね。あたしたちとしてはとにかく、一刻も早くケイロニアへ入って、グインにこのことを話さなくちゃ」

「そういうことですね」

ブロンは一口で揚げ魚を片づけ、串を放り投げて指を舐めた。

「悪くない味ですね。もう二、三本、買って帰りますか。マリウス殿やヴァレリウス殿も腹がお空きでしょうし、あの娘もそろそろ、何か栄養のあるものを食べさせてやるべきだ」

「あたし、あっちの果物を買って帰るわ。魚と、それから肉巻きも少しね。酒と、カラム水も一壺あったほうがいいかしら。お願いできる?」

「ただちに、姫様」

リギアが舞姫らしい流し目を送ると、ブロンは大げさに額に手を当てて地面につかんばかりのお辞儀をした。お互いに目を合わせ、共犯者のような笑みを交わしあう。

感じのいい男だわ、と屋台の方へ歩いていくブロンを見ながらリギアは思った。助けられたからといって簡単に誰かに惚れ込むような質《たち》ではないが、闇の中でと同様、なかなか気持ちのいい男だ。勇気も腕もあるし、頭も回る。騎士育ちにはままありがちなことだが、女子供を見下したりしないのがなかなかいい。足弱な同行者への気配りも怠りない。グインがじきじきに選んでパロに送った騎士の一人だけのことはある。

屋台の主が注文された品を包んでいるのを待つ間、リギアは酒場の表の馬つなぎに腰を下ろして、小さく延びをした。さすがに本格的な踊り子の、肌もあらわな衣装は着ていないが、ぴったりした上着の胸元から盛り上がる魅力的な曲線となよやかな腰の動きは人目を引くには十分で、数人の男が打たれたように足を止めた。

面白くなったリギアが片目をつぶり、しなを作って唇を鳴らしてやると、近隣の農夫らしき男たちは血を吹かんばかりに真っ赤になって、顔を隠すようにしてあわてて道を去っていった。リギアは身を縮めてくすくす笑った。

「リギア殿」

食物の包みを抱えたブロンが戻ってきた。なにやら厳しい顔をしている。

「どうしたの？　金子でも足りなかった？」

「いま店の主人と雑談していたところ、この近くで、鱗のある生き物に襲われたという隊商がいたそうです」

リギアからも一瞬にして遊び心が消し飛んだ。

「それ、ほんと？」

「主人の話では。顔じゅうに鱗の生えた化け物で、茂みから群をなして飛び出してきて、荷物を根こそぎさらっていったとか。命からがら逃げ出した隊商の商人が、真っ青になって話していたそうです。竜頭兵と同じものかどうかはこれだけではわかりませんが、鱗の生えた怪物となると、これは——それに、気になることがもう一つ」

「なに？」

「その鱗の化け物どもですが」

一瞬言葉を切って、思いきったようにブロンは続けた。

「六芒星に、蛇がからみついた絵柄の旗を振り回していたそうです」

「ゴーラ！」

リギアは呟いた。鞭の一打ちのように、鋭い響きだった。

「そいつらはゴーラの旗を持ってたっていうの？」

「逃げるときにちらりと見ただけ、という話ですし、かなり取り乱していたそうなので見間違いの可能性もありますが。しかし、鱗の化け物にゴーラの旗、となると、警戒するには十分すぎるほどでしょう」

「宿へ戻りましょう」

踊り子らしい所作を振り捨てて、リギアはさっと立ち上がった。女騎士としての気迫が、りりしい顔にみなぎっていた。

「それから町に出ている騎士たちを呼び戻して、すぐ出発しましょう。一刻も早く、ワルド城に入らなければ。少なくともここでぐずぐずしていて、シュクまでもクリスタルの轍を踏ませるわけにはいかないわ、絶対に。ヴァレリウスはあの〈竜化《りゅうか》の禍《わざわい》〉はクリスタルからは出ないと言っていたけど、でも、キタイの魔道はこちらの理解を超えているとも言っていた。何が起こっても不思議じゃないわ。一瞬、一秒でも早く、ワルド城へ、そしてケイロニアへ、到着しなければ」

そしてブロンが答えるのも待たず、風のように駆けだした。美しい踊り子が髪をなびかせつつ厳しい顔をして駆けてゆき、その後ろから、立派な体つきの巨漢が、これも噛みつきそうな顔で歯をむき出して走るのを見て、たいていの人間はぎょっとした顔で道を避けた。

宿へ戻ったリギアとブロンは急いで一行を呼び集め、驚いている宿屋の主人を尻目に、主人から急な伝言が入ったのだといいわけしてシュクをあとにした。

クリスタルでのような惨劇、あるいはまたあの悪夢の異形がこののんびりとした街道町を襲うと考えただけでも、リギアの背には冷たいものが流れた。二度までもあのようなものを目にした。もう二度と見たくない、と思う半面、これから先ももっと同様のもの、あるいはもっとおぞましい何かを見るであろうという、諦念めいたものを抱いて。

（ケイロニアをパロの二の舞にはさせないわ）

萎えかける心を励ましてリギアは自らを鼓舞した。

（イシュトヴァーンが何と結んでいるのであろうと、あいつの背後にいるのが何であろうと。中原をキタイの竜王の思うがままにさせやしない）

馬車に併走して馬を走らせているブロンも街道に出てからははずしていた胴鎧を身につけ、油断のない視線を四方に送っている。さすがに兜まではつけていないが、八方に吹きなびかせている奔放な髪の乱れは、彼の心のうちの乱れをそのままあらわしているかのようだった。

「リギア殿。よろしいでしょうか」

あの悪夢の一夜以来ずっと黙りこくり、灰色の目を翳《かげ》らせて何か考えていたヴァレリウスが座席を降りてそっとリギアの足もとにやってきた。

「いささか、ご相談が——ご提案いたしたいことがございます」

リギアは半ば上の空で返事をした。

「なに？　例の鱗の化け物の正体でもわかったっていうの」

「いえ、そうではなく。この娘のことでございますよ。アッシャ」

座席で毛布にくるまったまうとうとしている赤毛の娘を目で指す。

娘は宿屋のきちんとした床で休み、食事も取ったおかげか多少の生気を取りもどしていたが、やはりまだ疲れと衰弱は大きく、一日のほとんどを眠ったまま過ごしていた。馬車に乗るときも騎士たちの手で抱き上げられ、それにも抵抗しなかったほどである。異形の怪物を消し飛ばしたあの奇妙な力は、少女の小さな身体に多大な負担を強いたようだ。

「アッシャ？　そうね、少しは顔色がよくなってきたみたいだけど、まだまだ心配ね」

手をのばしてリギアはアッシャの赤い髪をなで上げた。汗で少しべとついた赤い髪はいささか輝きを失い、錆色にくすんでいる。

「こんな年の子にとってはきつすぎる体験だわ。ケイロニアに入ったらまず一番に、彼女の身の置き所を探してあげなくては」

「いえ、そうではございませんのです」

ヴァレリウスが上げた目に宿った何かを決意したような光に、リギアはふと息を呑んだ。

「この娘――私が指導して、促成ながらパロの魔道師として仕込みたいと思うのです。ご賛成いただけましょうか」

「なんですって？」

リギアの鋭い声に、それまで座席にもたれてぼんやりとキタラの指使いをしていたマリウスが、撃たれた小鳩のように飛びあがった。

「なんてことを言うの、ヴァレリウス」

リギアはさらに高くなりそうな声を無理に抑えた。

「アッシャは戦うべき立場の子じゃないのよ。そのことはあなただってわかっているでしょう。ごらんなさい、まだほんの子供だわ。ひどく傷ついた子供よ。この娘は何もかも忘れて、まただの市井の娘として穏やかに暮らすのが一番いいのよ、なのに、魔道師だなんて」

「わかっております。リギア殿がこの娘をお想いの気持ちは、私も理解しておりますよ。痛いほどどね」

ヴァレリウスは毛布に包まれたアッシャの小さな顔を振り返り、しかし、と声を低めた。

「彼女はあのキタイの魔道師が送ってきた異形を精神の力だけで消滅させた。すさまじい力です。一時の感情によって誘発された力とはいえ、すでにこの娘の中には、すべての力の泉に通ずる経路が開いてしまっている。しかも、たいていの魔道師に肩を並べるほどの強力さです。訓練しだいでは、もっと大きな力を操れるようになるかもしれない」

　リギアはただ眉をひそめてヴァレリウスの言葉を聞いた。

「そして今、パロには魔道師がいません」

　ヴァレリウスの声に熱がこもってきた。

「魔道師ギルドは消滅し、魔道師の塔は滅亡しました。今、無事に生きている――生かされている魔道師は、ほぼ私のみと考えるべきでしょう。パロには魔道師が必要なのです、リギア殿、たとえ荒削りでも年若でも、さよう少女であっても、魔道を操り、キタイの魔王に対抗するためには、一人でも多くの魔道師が」

「で、でも、女は魔道師になれないんじゃなかったっけ？」

　ごそごそと座席から這い出してきたマリウスがおそるおそる口をはさんだ。

「確か、魔道師の塔は女人禁制だったよね。そもそも、アムブラの学問所にも女の子はあまりいないし、それに、いったん魔道師の誓いを立てた人間は一生、女性に触れない誓いを立てるとか、なんとか聞いてるんだけど」

「はい、そのように言われておりますな。ともかくも、魔道師ギルドの中では」

ヴァレリウスはにがい笑みを浮かべた。

「なぜそのような掟ができたかを推測するのは私には畏れ多いことですが、その多くが男性である集団に女性が立ち交じることによって、いらぬ混乱を引き起こすことを魔道師ギルドが厭《いと》ったのは確かです。魔道師とて男、身近に美しい女人がおれば、うかと精神の乱れを生じないものでもない。魔道とは一に精神の統一を必要とするものですから」

「つまり修行がなってないってことじゃないの」

リギアが鼻を鳴らした。

「自分たちの鼻の下が勝手に伸びるのを、女のせいにしてもらいたくないものだわね」

「申しわけございません──いえ、私が謝る筋合いでもございませんが」

以前、リギアと食事をしたさいのことを思い出したのか、ヴァレリウスのやせた頬にうっすらと血がのぼってすぐ消えた。

「とにかく、魔道師ギルドも魔道師の塔も、いえ、魔道師と名乗るもののほとんどが、女人が魔道師となることなど、考えただけでも一笑に付したことでしょうな。このような事態に立ち至らなければ。ただ、実際のことを申しあげれば」

とヴァレリウスは続けて、

「キタイの竜王のような異界の存在は別にして、超常の力をもたらす力の泉はみな共通しております。パロの市民を竜頭兵に変えた〈竜化の禍〉、あれも、すべての人間にその力の——存在の源、とでもいうべき場所につながりがなければ、なし得なかったことです。そのことを考えれば、男性同様、女性にも超常の力を引きだすことのできる者がいてもおかしくはない」

「それがアッシャってこと？」

マリウスはおそるおそる眠る少女を振りかえって見た。

「確かに、あの怪物を一瞬で消し飛ばしたのは凄かったけどさ。じゃあヴァレリウスは、アッシャを訓練すれば彼女は魔道師になると思ってるんだ？」

「わかりません」

ヴァレリウスの言葉は苦かった。

「わかりません？」

リギアが気色ばんで身を乗りだした。

「ちょっと、そんないい加減なことであの子の将来と平穏を奪うっていうの？　あの力は確かに物凄かったわ、だけどごらんなさい、あれからあの子はろくに起きてもいられないで、身動きもできずに横になったままじゃない。あんな力を何度も使わせたら、あんな小さな子、たちまち力尽きて死んでしまうわ」

「制御方法を教えるのです。いえ、そうせねばなりません。それも早急に」

ヴァレリウスの視線はゆるがなかった。

「魔道師になれようがなれまいが、それだけは確実に教えねばなりません。あんな巨大な力を引きだし続けていたら死んでしまう、それは確かにその通りです。だからこそ、意志の力で存在の泉との繋がりを調整し、自らの制御のもとに置く訓練をしなければなりません。

私とて、無理に彼女を魔道師にしよう、戦いに引き込もうなどという気はございませんよ。しかし、彼女の持つ存在の泉への経絡はすでに大きく口を開いてしまっているのです。ある程度それを開け閉めし、力の暴走を予防する術を身につけさせなければ、たとえすべてを忘れさせてただの町娘に戻してやっても、何かの拍子でまた魔力が暴走しないとも限らない。その時周囲の人間を巻きこむようなことがあれば、傷つくのは間違いなく、あの娘です。両親を竜頭兵に八つ裂きにされた娘に、これ以上、心の傷を負わせることをお望みですか、リギア殿」

リギアは何も答えることができなかった。

「そして先ほども申しあげましたように、パロには魔道師が必要なのです」

断固としてヴァレリウスは言った。

「このヴァレリウスもむろん、最大の力をふるうつもりではおりますが、私一人ではさすがに頼りなさ過ぎると言わねばなりません。大魔道師イェライシャや世捨て人ルカ、見者ロカンドラスなどの偉大な力の持ち主ならばいざ知らず、私は一介の上級魔道師、それもさして才能豊かなわけでもない魔道師ですから。そして相手はキタイ一国を根城に、強大な異界の魔道をふるう竜王ヤンダル・ゾッグです。一人でも多くの魔道師を求めるのは、けっして間違ってはいないと考えますが」

「間違ってはいないかもしれないけど、賛成はできないわ」

リギアは顔をそむけて、眠っているアッシャに目を向けた。魔道師などという大仰な言葉に似つかわしくない小さな、子猫のような青白い顔は、毛布の中に置き忘れられた張り子の面のように頼りなく血の気がない。

「魔道師になる？　そりゃああの子は大喜びでとびつくでしょう、あたしに戦う方法を教えてくれと申し出てきた子だから。両親を殺した竜頭兵とゴーラ、そしてキタイの竜王に対抗する力が手に入るっていうなら、なんだってとびつくに決まってる。でもそれは正しいこと？　あの子の心の傷につけこんで、あんな小さい女の子をいずれ戦争に巻きこむような道に踏み込ませることが正しいとは、あたしにはどうしても思えない」

「正しかろうが正しかるまいが、魔道師が必要であることはリギア殿もお認めになるはずです」

頑としてヴァレリウスは言い張った。

「そして現在の事態は、ことの善悪正邪を言いたてていられるような範囲をはるかに超えております。リギア殿、私とて、あの娘がいやだと言うのを無理に魔道師に仕立てるつもりはございません。その場合はあの娘に開いた経絡にできるだけの封印を施し、恐ろしい記憶を消して、この先も普通の娘として暮らしていけるようできるだけのことはいたします。

けれども、今中原に広がりつつある竜王の魔手を押し戻すことができなければ、この娘がたとえ何事もなく幸せに暮らしていたところで、その生活がいつ微塵に打ち砕かれるか誰にもわかりはしないのです。あの孤独な娘に二度も喪失の苦しみを味わわせてもよいとお考えですか？」

リギアは長い間だまって窓の外を流れ過ぎる木立を目で追っていた。

「この娘に――アッシャに、魔道師になる素質があることは本当に確かなの？」

ようやく言った言葉には、どこかすがるような響きさえあった。

「魔道師ギルドに女がいないというのが単に昔からの因習にすぎないとしても、その因習にはどこかに根拠はないの？　魔道師じゃなくても魔女やうらない女、予見の巫女、薬と治癒術を施す賢女、女でも超常の力を使いこなすものはたくさんいるわ。アッシャがそういう女たちの一人だということはありえないと言い切れるの？　魔道師でなければならない理由がなにかあって、ヴァレリウス」

「端的に言って、力の源たる存在の泉につながる経絡の強さは、女性の方が一般的に強いとされております」

小さくため息をついてヴァレリウスは言った。

「存在の泉はこの世すべてにあるあらゆるものを支える力。それこそ天地の動き、星々の運行に至るまで、すべてはこの源が支配しております。えー、そしてリギア殿もご存じのように、女性は月の運行や自然との繋がりが男性よりもともと強く――」

「月のものや出産のこと？　言われなくてもわかってるわよ」

あっさりとリギアが口にした言葉に、ヴァレリウスはまた調子が悪そうに咳払いした。

「でもそれと、魔道や超常の力とどういう関係があるの」

「基本的に魔道の本質は、本来混沌として奔放きわまりない存在の力を見極め、理論と技術によって形をつけ、自らの望む形に整えて、系統立てて使用できるようにすることにあります。大魔道師と呼ばれるほどの賢者になればまた別なのでしょうが、私程度の木っ端魔道師にとってはね」

ヴァレリウスの薄い唇が自嘲にゆがんだ。

「しかし、存在の源と直接的に濃い繋がりを持つことのできる女性にとって、超常の力というのはある意味、理論ではなく感覚であり、直感的に触れて引き出すことのできるものなのです。超常の力を操る女性が魔道師ではなく魔女と呼ばれるのは、段階と理論を踏んで真理に近づかなければならない男性と違って、存在そのものと本能的に同化することのできる女性の特性が、魔道の理論とは根本的に違っているからかもしれません。ある意味においては、超常の力を操ることにかけては、男性よりも女性の方が長けているのかもしれないのです」

「じゃあなんで、女の魔道師が今までいなかったのさ？」

マリウスが不思議がる。ヴァレリウスは苦笑した。

「それは――まあ、先ほども申し上げたように、われわれの修行が足りなかったのと、あと、男よりも女のほうが優れているなどという考えになじめない方々が多かったからでしょうな。いかに賢人と呼ばれても、偏見から完全に解放されていらっしゃる方は少ない。女性は王族貴族でもないかぎり、教育の機会も限られていましたし、それに」

ヴァレリウスは言葉をついで、

「強い経絡を持ち、存在と同化できるというのも善し悪しで、強い力を持つ女性であればあるほど、その力に呑み込まれて暴走しやすいのも事実です。ご覧になったでしょう、アッシャの姿を。彼女は両親を殺された恨みが引き金になってあれだけの力を放出しました。強い力を持つものであればあるほど、より強力な自制と、精神の統一の訓練が必要です。女性が独立した魔道師として立つより、なんらかの神の力を借りた魔女や巫女などになりやすいのは、仕える神の力によって、暴走しがちな力に方向性を与え、制御しやすくなるからでしょう。ああ、けっして」

リギアの目がまた険悪になるのを見て、ヴァレリウスはあわてて両手を振り、

「男より女の方が感情的だから、などと申し上げる気はございませんよ。感情的な女がいるのと同じように、感情的な男も多数いることは承知しております。ですが目下の問題は、アッシャです。彼女は完全に竜頭兵とゴーラへの恨みに凝り固まり、いつまた暴走を起こすかわからない。そして彼女はパロで生まれ育った町娘で、神殿仕えにも、古代の神にもまるで縁がない。私にできる唯一の道は、彼女に魔道師としての教育を与え、魔道師としてのやり方で、なんとか自分のうちに生まれた力と折り合いをつけてもらうことだけなのです」

「そんなに強いの、アッシャの力って」

無邪気にマリウスが口をはさむ。小屋の二階でずっと藁布団に頭を突っ込んでいた彼は、アッシャが怪物を消し飛ばした一瞬を見ていない。ちょっと考えてぽんと手を打ち、

「ああ、そういえば、赤い髪と緑の瞳の子供は、妖精の取り替え子だから生まれつき魔法の力を持っているって言い伝えがあったっけ。いろんなところでそんな話を聞いたよ。地方によって、そういう子が産まれると山や川に捨ててしまったり、逆に村の守り神として崇めたり、それこそ魔女や賢女に引き渡したりといろいろあったようだけど、アッシャの赤毛とあの瞳は確かに、まさに妖精の娘って感じだよね」

しばらく会話がとぎれた。ヴァレリウスは息を殺して、リギアの口もとを見つめてい

る。

　息苦しい時間が過ぎ、やがて、リギアはやっと吐き出すように、「わかったわ」と呟いた。

「好きなようになさい。力の制御の方法を教えておくことは確かに悪いことではないでしょうしね。でも忘れないで、あたしはあの子に戦わせたくはないし、たとえ取り替え子だろうとなんだろうと、いつかはちゃんと普通の娘に戻って、普通の暮らしをしてほしいと思ってるの。そのことだけは言っておくわ、いいわね」

　ヴァレリウスは黙って床につくほど深々と頭を下げた。

　マリウスはまごまごとリギアとヴァレリウスを見比べ、リギアは頑固に窓に目を向けたまま動かない。

　馬車が揺れる。その中でアッシャただ一人が、張りつめた空気も知らぬげに、小さな寝息を静かにたてていた。

2

そして三日後、夜を日に継いで街道を駆けつづけた一行は、ついにワルスタット街道の要衝、ワルド城にたどりついた。

旅の埃を落とす間もなく耳に入れられたのは、やはりこのワルド城近辺でもゴーラの旗らしきものをかかげた蛇のような鱗顔の怪物が出没しているという話だった。数日前にはグイン王自らが兵を率いてワルド城にも来ていたらしいが、ほんの一日の差でサイロンへ帰ってしまったとのことで、リギアたちは歯ぎしりした。あともう少し早く着いていたら、グインにパロの、クリスタルの惨状を伝えて、警告することもできたというのに。

「そういえば、ワルスタット侯ディモス殿はパロの駐留大使だったわね」

中庭で従卒たちに手伝われて荷物を下ろしながら、ふと思い出してリギアはブロンに尋ねた。

「確かワルド城はディモス殿の差配の一つだったと思うのだけど、現在はどちらの方がこの城を預かってらっしゃるのかしら。パロがあの状態で……あの……ディモス侯は、その」

「おっしゃりたいことはわかりますよ」

疲れた顔のブロンは髭と砂埃でざらついた顔をゆがめて苦く笑った。

「この際ですから申しあげますが、われわれパロ駐留部隊も、長い間ワルスタット侯ご自身にはお会いしていないのです。ケイロニアにおられた頃は家族を愛する廉潔の士であられたと聞きおよびますが、パロへ到着してしばらくすると、われわれケイロニア部隊の前にもめったに姿をお現しにならなくなりました。各部隊長が上げる報告書にも、型どおりの印璽が捺されて戻ってくるだけです。従士の少年たちが耳にした噂によれば、閣下はパロに溢れる美女と贅にすっかり溺れて、お人がすっかり変わられたという話です。ま、あくまで噂ですがね。いずれにせよ、クリスタルの……」

とさすがに言葉を切り、思いきったように続けて、

「クリスタルのパロ聖騎士団でさえ壊滅に追いこんだ竜頭兵が、ワルスタット侯のみを見逃すとも思えません。万が一にも噂通り、女色に溺れておられたとしたら、これほどたやすい獲物はなかったことでしょう」

「ワルスタット侯は確かケイロニアの十二選帝侯のお一人だったわね？」

「さようです。こののちの処理がどうなるかは私の関与すべき領域ではありませんが、

「ワルスタット侯のお子様方はいずれもまだお小さく、選帝侯を担うにはいまだ若すぎるはず。何事もなければよろしいのですが……」

それきり暗い顔でブロンは口を閉じ、仲間のケイロニア騎士たちのほうへ行ってしまった。

リギアもそろそろ疲労が限界に来ていた。用意された部屋へ案内され、髪を洗い、衣服を着替えて生き返ったような気分になるが早いか寝台に倒れこんで、二日目の朝まで、たまに手を伸ばして水差しのカラム水と小型の焼き菓子をつまむ以外は、とことん寝通した。

そして三日目の朝に目覚めてようやく、ヴァレリウスとアッシャがすでに、城の使われていない地下室の一角を場に、魔道師の修行を始めていることを知ったのだった。

アッシャはリギアの想像したとおりだった。魔道師としての修行をする気はないかというヴァレリウスの申し出に一も二もなく飛びつき、強い強い魔道師になって、あんな怪物どもみんな吹き飛ばしてやるんだと叫んだらしい。それ以来、たまにヴァレリウスが食物と飲み水を取りに上がってくる以外は一度も姿を見せておらず、ずっと地下にこもりきりで魔道の訓練に集中している。

何度かリギアはこらえかねて様子を見にいってみようとしたが、降りる道を見つけることができなかった。おそらく、予期せぬ闖入者《ちんにゅうしゃ》がやってきて精神の統一を破られること、同時にその侵入者にも危険が及びかねないことを危惧したヴァレリウスが、結界で入り口を閉じてしまったのだろう……

……もの思いに耽りつつリギアは髪を拭き拭き室内へ入っていき、寝台の上にどさっと腰を落とした。湯を使っている間に小姓がやってきたらしく、敷布も掛け物も新しく清潔なものに交換されている。マリウスがいやな顔をした。

「ちょっと、静かにしてよ。調弦してる最中なのに、うるさくされたら、せっかく合わせた音程がまた狂うじゃないか」

「うるさいわよ、小鳥さん」

投げやりに言って、リギアはそばの小机に用意された小物類から櫛を取り上げ、上の空で髪をとかし始めた。濡れた髪から滴が飛び散る。マリウスがまたいやな顔をするのもかまわず、リギアは頭の半分でアッシャのことを、そして、もう半分では先ほど廊下で耳にしたブロンとドース男爵との会話を、考えるともなく追っていた。

（「……鼠《トルク》が……」

「王妃……シルヴィア――公……ハゾス殿のご意見では……」）

シルヴィア王妃とグインの不仲のことはリギアも聞いている。しばらくパロを離れていたこともあり、正確なことはわからないが、酒場でささやかれていた噂では、夫の豹頭を忌み嫌ったシルヴィア王妃は夜な夜ないかがわしい街へ抜け出して、男漁りに精を出していたとか、なんとか。

　ブロンはさすがに口にしようとしないが、ほかの騎士たちの会話に耳をたてていると、どうやらシルヴィア王妃は乱行の末にどこかケイロニアの離宮に、療養ということで幽閉されているらしい。

　グインの方は先のサイロンの災厄の際に愛妾を見出し、今、この妾妃にグインとの間の子が産まれようとしているということは、二人よほど仲がいいのだろう。グインのためには喜んでやるべきだろうが、ケイロニア一国として考えれば、かなり異常、かつ危険な事態ではある。

（アキレウス大帝ももうかなりのお年だしね。先の黒死病の流行ではご無事でいらしたようだけど）

　ケイロニアは慣例として、十二選定侯と呼ばれる大貴族によって帝位の後継者が認証されるようになっている。もし、アキレウス大帝が寿命つきて死ぬことになったら、次の候補者は直系の娘であるシルヴィアだが、噂にもなるほどの乱行の末に幽閉されている現状では、候補からはずされる可能性が高いだろう。

　皇室の血を引く娘にはオクタヴィア皇女とその娘のマリニア姫もいるが、正統の妃から生まれたのではない上、本人にも帝位につく意志はまったくないと聞いている。一時とはいえマリウス――パロのアル・ディーン王子と結婚していた事実も、ことをややこしくするだけだろう。

（すると、可能性が高いのは、やっぱりグイン……）

不仲とはいえシルヴィア皇女の正式な夫であり、現ケイロニア王、そして数々の勲功をあげた英雄として名高く、民からの信頼あつい彼ならば、たとえアキレウス大帝の血を引いてはおらずとも、ケイロニア皇帝として立っても不思議はないように思える。宰相ハゾスはグイン一筋の忠義者であるらしいし、もしアキレウス大帝崩御の折には、必ずグインを帝位につけるために奮闘するに違いない。ハゾスの名前が先ほど出ていたのは、そのことだろうか。

（アキレウス大帝崩御、か）

自分で考えたことに、リギアはわずかに戦慄した。彼女が幼いときからケイロニアのアキレウス大帝は巨大な北の英雄の星として輝いており、その名声は誰の耳にも高かった。小さかったリギアでさえ、もしなれるならかの英雄のようになりたいとあこがれた。その巨星がもし空から堕ちるときがきたら、中原はどうなるのか。ただでさえ竜王のたえまない侵略を受けている最中だというのに、隙につけ込み、またもや戦乱の種がまかれることになりはしないか。

不安を振り切るように、リギアはぐいと櫛をひっぱってもつれをほぐした。

（鼠《トルク》とか言ってたけど……あれはなんだったのかしら）

まさか、ヴァレリウスのことじゃないわよね、と考えて、少し笑った。

ブロンはそういうことを口にするたちではないし、あの深刻そうな場面で、他国の宰相を鼠呼ばわりするとは思えない。ブロンはヴァレリウスには敬意を持って接していたし、彼はそのような裏表のあるような男ではない、とリギアは思う。

だとしたら、いったい何についてあんな深刻な顔をしていたのだろう。

鼠。

「おくつろぎのところ失礼します、リギア殿、マリウス殿」

武装を整え、剣をさげたブロンが兜を小脇に抱えて入ってきた。寝台に腰掛け、肌着姿で髪をとかしているリギアを見て、あわてたように足を止める。内心、リギアはほほえんだ。もっとしどけない格好を何度でも見ているはずなのだが、まったく、真面目な男だ。

「どうしたの、ブロン？　ずいぶんものものしい格好ね」

「いささか急な出動が決まりまして」

ブロンはいくらか硬いほほえみを返した。

「ケイロニア本国からの急使で、ササイドン城への緊急召集がかかっております。私はドース男爵の随行として部隊に加わります。いまワルド城にいる兵士のうち四分の一ほどを連れて行くことになりますので、ゴーラの旗を持つ鱗の怪物の話もある中、あなた方をこちらに置き去りにしておくのは心苦しい上、気がかりでもあるのですが」

「ササイドン城？　それって確か――」

一瞬考えて、リギアはつい思ったことを口に出してしまった。

「それって確か、選定侯会議が行われる城のことじゃないの？」

ブロンの唇がかたく引き締まった。

「――申し上げられません。ケイロニアの国事に関することです」

「そうだったわね。ごめんなさい」

確かに炎上する都から亡命同然に助け出された人間が口をはさむようなことではない。

リギアは赤面した。

「あたしたちのことなら気にしないで大丈夫。自分の面倒は自分で見られるわ。兵を四分の一連れて行くって言っても四分の三は残るんだし、あたしたちだけここに取り残していくっていうんじゃないんだから、なにもあなたが心配することはないのよ、ブロン」

「あなたはいつも明朗でいらっしゃる」

ブロンは少しばかり安堵したように微笑した。日焼けした顔に白い歯がのぞき、リギアはあらためて、この男に対する好感を強くした。ブロンはまた顔を引き締め、心苦しさを隠せないようにうつむいた。

「いつ戻ってくるかは私にもわかりませんが、しばらく城をあけることになるのは確かです。グイン陛下にお引き合わせするのも、しばらく待っていただかねばなりません。むろん、パロとクリスタルの惨状、イシュトヴァーンの暴挙、お三方がクリスタルを脱出し、ワルド城におられることは私の口からも、またドース男爵からも言上《ごんじょう》があるでしょうが、今グイン陛下がサイロンを離れてこちらへ来られることはおそらく難しいでしょう。また、お三方をこちらからサイロンへお連れすることも、今のところできないのです。たいへん申し訳ありませんが——」

「いいのよ、かまわないで。あたしたちは贅沢を言える身じゃないもの、助けてもらった身で」

リギアはできるだけ気楽そうに手を振った。

「それに、もう少し体を休めていたいし、アッシャとヴァレリウスはすっかり魔道の修行に夢中だし、小鳥の王子様はあいかわらずあの調子だし」

目顔でマリウスをさす。竪琴の上にかがみ込んで調弦に夢中になっているマリウスはまったく話を聞いておらず、この上なく真剣な顔で首を傾け、弦の立てる澄んだ響きを聞き分けようと息を詰めている。

「まあ、楽しんでおられるようでよいではありませんか」

安堵したようにブロンは破顔し、リギアの手をとってその甲にそっと唇をかすめた。

「わが姫にして勇敢なる女騎士殿」ごく低く彼は囁いた。「この一件が済んだらまた、愉しい夜をともに過ごしてくださいますか？」

「あなたがいい子にしていたらね、立派なケイロニア騎士さん」

リギアは婉然と微笑み、手を伸ばしてブロンを引き寄せると、革のような頬に唇をあてた。秘密めいた視線をかわして離れると、ブロンは再び謹厳な騎士の顔つきに戻り、「では」と一礼した。

「この払暁には出立いたします。城に残った兵士たちが十分にお守りすると思いますが、どうぞ、お気をつけて」

「あなたもね、ブロン」

「よしっ、できた！」

唐突にマリウスが叫んで立ち上がった。ブロンもリギアもそちらを見てぽかんとした。すっかり弦を張り直され、胴も磨きなおしてぴかぴかになった竪琴を、子供を抱くように腕に抱いてゆすりつつ、踊るようにぴょんぴょん飛び跳ねているパロの王位継承者を。

「さすが僕だなあ！　この古い形式の竪琴は音合わせがすごく難しいんだ、でも、やってのけた、うまいぞ！　これならキタラと同じ、いや、キタラとはまた違った素晴らしい曲が作れる。こいつはすぐにまた、新しい曲作りにとりかからないと。ええと、書くもの、なにか書くもの……ちょっと、ねえ、そんなところで何を笑ってるのさ？　笑ってないでどこかで紙とインクを探してきてよ。それからペンもだ、早くしないと曲を忘れちゃうよ。ああ、ああ、もうどんどん泉みたいに歌があふれてくるのに間に合わない、ちょっと、ねえ、なんで笑うんだよ、ねえ、ねえってば」

夜明け、リギアとマリウスは城壁の上で、城門を出て行くドース男爵と騎士たちの隊列を見送った。

山城であるワルド城の早朝は冷える。リギアは厚手の上着を肩にかけ、冷たい空気が入り込まないよう前をしめて、立てた襟に顎を埋めていた。寝ていたところを寝床から引っ張り出されたマリウスは眠たそうにしきりにあくびをしていたが、部屋からまきつけてきた毛布の下には、修繕なった竪琴をしっかりと抱え込んでいる。

ドース男爵はワルド族が好んで乗る胴が太くて足の短い山岳特有の小型馬に鞍をおき、兜のような鉄灰色の髪の上にさらにがっちりした装飾の少ない兜をつけて、行列の先頭でブロンと話している。ケイロニアの紋章以外にまったく飾りのない、実用一徹の身なりは軍装でも同じのようだ。

太陽はまだ峰の向こうにあり、あたりは灰色の薄明かりに包まれていた。騎士たちの鎧覆いがひるがえり、小札鎧《こざねよろい》や鎖帷子《くさりかたびら》がカチャカチャと音を立てる中、馬たちははみの間から白い息を立ちのぼらせ、どこか落ち着かない様子で前に後ろにと脚を踏み換えている。

リギアは黙って見送るだけのつもりだったのだが、ブロンが先にリギアに気がついた。ドース男爵に何事かささやき、城壁にむかって手をあげる。にこやかに手を振られて、彼女らしくもなくリギアは赤面した。

ドース男爵も謹厳な顔つきのまきちんと一礼する。あらためてリギアは威儀を正し、厚い上着にくるまった姿でできるだけの威厳をもって、剣をかかげる礼のしぐさを送った。ブロンが微笑み、周囲の、リギアとともにクリスタルから脱出してきた騎士たちが見上げて、微笑がさざ波のように一帯に広がった。

突然清らかな弦の音が鳴り響いて、リギアをぎょっとさせた。マリウスがいつのまにか毛布の下から竪琴を取り出し、演奏の姿勢をとっている。

「騎士の出立にはすてきな音楽がなくちゃね」

そう言って片目をつぶると、マリウスはまるで十年も使い慣れていたかのように竪琴に指を走らせ、勇壮な行進曲を奏でだした。

勢いよく心臓をゆさぶるような威勢のいい音楽に、やがてマリウスの即興らしい歌も加わる。ぽかんと見上げていたリギアとマリウスを知らない騎士たちの間にも、リギアたちと並んで城壁に立っていた歩哨の兵たちにも、しだいに微笑の波が広まっていった。

立てよ勇者ら　進軍の時は今こそ
汝《な》がものなりき、高らかに鬨《とき》の声をあげよ
槍はきらめき、剣は手に燃ゆる
駿馬どもは猛り立ちいさおしの日を待ち望む

馳せよ勇者ら、花咲けるその剣先に
太陽は燃え、星の輝きは下れり
汝《なれ》らがいさおし、わが調べにのせて
世の末ずえまで語り継がん

「これは思いがけぬおはなむけを頂いた」

ドース男爵が兜の下で顔をほころばせた。

「感謝いたしますぞ、リギア聖騎士伯殿、それに——ああ、吟遊詩人マリウス殿。かならずご一行とパロの苦難はグイン陛下にお伝えし申そう。それまではしばし、いざ、おさらば」

「道中のご無事を、閣下」

リギアは城壁から身を乗り出し、ヤーンの守護の印をきった。

「いかなることであろうと、すべてが無事におさまることを心からお祈りいたしますわ」

行列は静かに動き出した。マリウスの竪琴にのって馬蹄は規則正しく山の岩だらけの道を踏みしめ、麓へと向かう急斜面の山路を、平地を歩くのとほとんど変わらない速度で、みるみるうちに遠ざかっていく。

太陽が顔を出した。金色の光がさっと流れ込み、灰色の風景は一度に色を得た。騎士たちの旗印やマントの色がぱっと明るく輝き、にぶい色の鎧は銀でできたようにまばゆく光を反射した。竪琴の音に送られ、緑濃い木々の間をぬって進んでいく騎士たちの一隊は、まさに物語の中のもののようだった。

「あんたもなかなか気の利いたことするじゃないの」

隊列が森の中に見えなくなり、竪琴をおろしたマリウスに、リギアは言った。

「吟遊詩人として、なすべき仕事をしたまでさ」

マリウスは誇らしげに肩をそびやかした。

「この竪琴の調子も確かめたかったしね。でもあの歌はあんまりよくなかったな。急場で思いつきをそのまま歌うしかなかったし。部屋へ戻ったら書き留めておいて、もうちょっと磨きなおす必要があるかな」

「好きになさい。——おお、寒い」

太陽が出てきても空気がそう急に暖まるわけではない。まだ冷たい早朝の風に首をちぢめながら、リギアが城内へ降りる階段へ向かおうとしたその時、下でなにか慌てたように叫び交わす声が聞こえ、従士の少年の一人が、鞠のように丸くなって階段を駆け上がってきた。

「どうしたの？　そんなに慌てて」

「あ、聖騎士様」

まさかそこにリギアがいるとは思っていなかったらしい。少年は縮みあがり、おろおろと左右を見回して、助けを求めるように両手をもみ合わせた。

「いえその、僕は、あの」

「言いなさい」

厳しくリギアは言った。

「なにかあったのね？　下での騒ぎはなんなの？　まさか――」

「報告しろ」

寄ってきた歩哨隊長が鞭で打つような厳しい一声を発した。少年は棒を飲んだようにびくっと直立して両手を脇にそろえた。

「裏門から誰かが来たようだな。何者だ？　敵襲か」

「い、いいえ、そうではありません」

少年はそばかすのある頬を真っ赤にしながら口ごもった。

「近くの村落の娘です——村が、蛇の顔をした化け物に襲われてるって」

リギアの肩から上着が滑り落ちた。

「蛇の顔」

寒さも忘れてリギアは少年の肩をつかみ、ゆさぶった。

「蛇の顔。確かにそうなのね？　数は？　旗印は？　そいつらはどんな旗をあげてるの？」

「は、はい、数は二十人ほどだと思うとその娘は言ってますが、正確なところはよくわからないようです」

へどもどしながら少年は言った。中庭の騒ぎが多少静まり、その中から、半狂乱で泣き叫ぶ若い娘の悲痛な声が聞こえてきた。

「病気の雌牛の面倒を見に牛小屋へ行っていたので、運良く襲撃をまぬがれたとかで。それで、そいつらは六芒星に蛇の旗を掲げてて、抵抗する奴は、だれかれ構わず斬り殺したり、蹴ったり殴ったりして、家や畑に火をつけて回ってるって——わっ」

いきなり突き飛ばすように手を離されて、少年は後ろによろめいた。

朝日に照らされ、高くかかげられたリギアの横顔は大理石の女神像のようだった。きつく噛みしめられた唇は血のごとく赤く、黒い瞳は蒼白になった肌の中で黒い星のように燃えている。朝風が長い黒髪を翼のように背中に吹きなびかせている。

「リ、リギア……？」

「行くわ」

きつく噛んだ歯の間から絞り出すようにリギアは言った。

「蛇の顔。ゴーラの旗。けっこうじゃないの。ドース男爵が城をあけた隙を狙ったのかもしれないけど、あたしたちにだってまだ牙があることを、あの鱗の化け物どもに教えてやるわ」

3

「そうだ……さあ……腕をあげろ。指を、こちらに」

暗くかび臭い地下室に、今はむせるほどの熱気がこもっていた。

対座している二人、一人は鼠めいた顔つきの貧相な灰色のぼさぼさの髪の男、いま一人はきらめく赤い髪と、もっとまばゆい緑に輝く瞳をもつ男装の少女。

二人のあいだに青白く輝く球体が浮かび、ゆっくりと回転している。燭台に立てられた蠟燭はとうに燃え尽きていたが、ヴァレリウスの磨き抜かれた魔道師としての目は、蠟燭のささやかな炎から、空中の球体、炎の精髄、〈火〉の〈火〉たるゆえんの秘密をすべてかかえた象徴へとつながる、存在の力の紐帯を見ていた。

どのような火にも、〈火〉の精髄は宿っている。質の悪い獣脂蠟燭の炎でも、たとえ火打ち石からとんだ火花の一片であっても、〈火〉が〈火〉であるかぎり、そこに〈火〉は存在する。火という存在から導き出される〈火〉の精髄は、それがたとえどんなにわずかな火からであっても、同様に強力であり、純粋なのだ。

アッシャは半睡半醒の変容状態に入り、まぶたを半ばおろしているが、緑の瞳は空中に躍る青白い球体を映して、緑玉のように内部から光を発するかに見える。足を組み、背筋を伸ばした瞑想の姿勢はヴァレリウスにさんざん言われてたたき込まれたものだが、彼女はまったく自然にそれをとり、両腕を左右にのばして、手のひらを上にむけていた。ヴァレリウスが手をあげて指を伸ばすと、彼女もまったく同じ動きをなぞった。意志とは別のあらがいがたい力が少女を支配しているかのようだった。

魔道師の指がゆっくりと動いて、空中に光の筋を描き出す。アッシャの指先があとを追い、同じく燐光を放つ筋を空中に浮かばせていく。

じりじりと進む動きははたから見るとじれったいほどに遅かったが、ヴァレリウスの額に刻まれた皺《しわ》と異様にぎらつく目を見れば、これがなみたいていのことではないのが明らかだった。

ゆっくりと回る〈火〉の精髄の球体の下に、ひと文字のルーンが光の線で刻まれる。〈火〉を表す魔道ルーン《ルーン・ジェネリット》である。

少し遅れて、アッシャの指がのろのろとその跡をたどる。速度ははるかに遅いが、正確にヴァレリウスの描いた文字をたどって、同じものを描き出していく。

魔道師になろうとする者、魔道師の才能を見いだされた者は、ほとんどがまずアムブラの学問所か、私的な指導者についてルーンの初歩をたたき込まれる。初級ルーンから始めて、上級ルーン、魔道《ルーン・ジェネリット》ルーンと進んでゆき、特に魔道《ルーン・ジェネリット》ルーンにおいては、その読み書きと厳密な発音、構文の組み立て方、特殊な喉音や作法にのっとった呼吸の仕方まで厳しい訓練を受ける。

それはまず、魔道《ルーン・ジェネリット》ルーンそのものが文字や言葉の形をした魔力であり、力の根源から受けとる無制御な力の流れを制御するための論理的な回路を、魔道《ルーン・ジェネリット》ルーンという言葉と文字を意識に刻み込むことによって構築するためである。

本来、自然にうずまく力とは奔放不羈《ほんぽうふき》であり、簡単に人間が制御できるものではない。それをある程度手軽な形にして、魔道《ルーン・ジェネリット》ルーンの一語を発するだけで巨大な力を呼び出すことのできる巨大な魔道学を発達させたのが滅亡した古代カナンであり、現パロの前身たるパロスであり、また失われた多くの魔道王国であった。

当時の人間は魔道をあやつる回路を生まれる前から精神に刻み込まれ、力の大小はあれさまざまな魔道によって日々の暮らしを支えていた。しかし今ではその技術は失われて久しい。よって、魔道を身につけようとする者は、まず、魔道《ルーン・ジェネリット》ルーンの形と意味、発音、書き方、文法といったことをひとつひとつ身につけることで、古代カナン人が精神に生成していた魔道回路を、一から自らの裡に構築していくほかはないのだ。

そしてここにルーンを教えるための手引き書はない。魔道師の初歩には必須といわれるさまざまな書物もない。あるのはヴァレリウス個人の経験と、力だけである。

ヴァレリウスの額からまたひと筋、汗の粒が流れ落ちる。

手引きになる書物も、また時間もなく、その上アッシャはパロの下町言葉でさえ読み書きなど習ったことのない娘だ。ヴァレリウスがとれる危険な、しかし唯一の手段は、自らの手で魔道ルーン《ルーン・ジェネリット》とそこに秘められた力を呼び出しながら、それを直接娘の精神に刻み込ませ、独自の回路を組み立てさせることしかなかった。

ゆらめく光の魔道ルーン《ルーン・ジェネリット》、〈火〉が、またたきながら宙に浮かんでいる。娘の細い指先が奇妙になめらかに動き、単純でありつつすさまじい力を秘める魔道文字をたどって、意識と身体に同時に刻み込もうとする。

ヴァレリウスは息をつめて見守っていた。

驚異的な進捗ではある。指導としてはおそろしく乱暴で、いつどこで失敗してもおかしくはない危険な方法であるにもかかわらず、今のところアッシャはほとんど困難を覚えていないように見える。たいていの学生が初歩のルーンでさえ覚えるのに四苦八苦するというのに、すでにこの娘は、魔道師の塔における見習い魔道師程度の力を見せはじめている。

(末恐ろしい——)

頭の隅でヴァレリウスは考え、その思考を振りはらった。

リーナスに見いだされて魔道師の道に入った自分でも、魔道ルーン《ルーン・ジェネリット》の学習にはおそろしく苦労させられたものなのに、このか細い町娘はそのような段階をひと飛びで超えて、ヴァレリウスの力添えがあるとはいえ、〈火〉の精髄と直結する門戸でもある火の魔道《ルーン・》ルーン《ジェネリット》を自分の手で描こうとしている。それも紙とペンではなく、自らの魔力だけで。

（才能はある。だが、危険だ、同時に）

平和時であれば覚醒しなかったであろう魔道の才能ではある。だが、まだ十五歳、しかも、両親を惨殺された恨みに突き動かされている少女がこのような力を操れるように教育するなど、リギアに言われるまでもなく、とんでもないことをしでかしている自覚はある。ただしそれは人道的な意味でなく、あくまで、強力すぎる力に無理に手綱をつけようとしている、という意味でだ。

ヴァレリウスは自分の魔道師としての才能にほとんど信頼を置いたことがない。いちおう位階としては上級魔道師ではあるが、魔道師としての純粋な能力についてなら、いくらでも彼より上の人間はいる。

生来学究体質であり、ややこしい政治の世界から身を引いて研究に没頭したいと願ってはいるものの、どれほど研究に没頭しようと修行に邁進しようと、ある程度の力を得るようになれば、自らの限界もまた見えてくる。加えてイェライシャやグラチウス、アグリッパなど、二つ名でもって呼ばれるような、伝説的大魔道師に出会ったあとではなおさらだ。

彼らはすでに人間を超越しており、そして、ヴァレリウスはどこまで行ってもただの人間でしかありえない自分を再確認させられるばかりだった。世俗からも私情からも離れることができず、純粋な魔道の探求者として身を捧げることと、パロの宰相として政治の世界を泳ぎ回ることのあいだで宙吊りになってふらふらと浮いている、それがいまの自分だとヴァレリウスは自覚していた。

(俺はたまたま魔道師になってしまっただけの、ただの凡人にすぎない)

黒衣のかくしにしまった蒼い輝石の指環が意識された。集中を乱されないよう、アッシャとの修練に入ってからは指から外していたのだが、何かの拍子にそれはあざ笑うように意識の表面に浮上してきて、精神の水面をかき乱す。ヴァレリウスの眉根に皺がより、意識から指環の影が消失する。

(考えるな。考えてはならない。あの指環のことは。あの方のことは)

魔道師の目をひらけば、アッシャの細い全身にめぐる〈火〉の力が見える。力の流れを輝きや動き、形としてとらえる魔道師の目には、アッシャは黄金の糸で編まれた少女型の人形のように見えた。あらゆる血管、神経、肉体のすみずみに至るまで〈火〉の力が循環し、脈打ち、もつれあいながら少女の体内を奔っている。

頭頂部は燃える炎の華、両の瞳は溶けた黄金の泉。ゆらめく髪は炎そのもの。金の糸が複雑にもつれ合う指先から金粉のような力が少しずつこぼれ、〈火〉の魔道ルーン《ルーン・ジェネリット》の最後の一画を書き終えようとしている。

最後の一画が書き終えられようとした瞬間、アッシャの指がびくっと震えた。

書き終えられようとしていた〈火〉の魔道ルーン《ルーン・ジェネリット》はこまかな光の砂となって四散した。

空中に浮いた蒼白い球が震え、急速に回転しだす。まずい。ヴァレリウスはあわてて印を切り、破裂しかけた〈火〉の精髄を始原の場所に送り返した。

「あの声はなに？」

まだなかば目の醒めきっていない声でアッシャは呟いた。

糸でつり上げられるような妙な動きで立ちあがり、地上を見上げる。緑の目にはまだ炎の輝きが宿り、〈火〉の球体が消えたせいでほぼ真っ暗になった室内でも、猛獣の目めいてぎらぎらと輝いていた。

「声？　なんのことだ。俺には何も聞こえなかったぞ」

「うそ。聞こえた。泣いてた。あたしとおんなじくらいの女の子の声」

緑の目がさらに大きく、光を増した。

「泣いてる。助けて。助けてって」

赤い髪がほのかに銅色の光を帯び始めた。しだいに声に力がこもり始めた。

「……間違いない。泣いてる。村の人たちが殺されたって。蛇の顔したお化けに。鱗の怪物に。ゴーラの旗。鱗の顔……竜頭兵」

「落ちつけ、アッシャ。座れ。座るんだ」

全身に冷たい汗が流れた。ヴァレリウスが張った結界はそれなりに強力で、外部からの干渉はもちろん、地上からの声など通すはずはない。にもかかわらず、アッシャは声を聞いている。それも、かなりはっきりと。

近辺でゴーラの旗をかかげた蛇顔の一団が出没しているという話はヴァレリウスも聞いていた。だからこそ、アッシャを地上から遠ざけ、雑音の入らないここに入れたのだ。まだ訓練もままならないうちからそんな話を聞けば、また暴走を起こすか、起こさないまでも、再び短剣をかまえて単身突っ込んでいく危険性がある。

そうならないためにも地下深くに訓練の部屋を確保し、結界も張ったというのに、訓練によって研ぎ澄まされつつあるアッシャの精神は、地上で泣いている者の精神と同調し、音というよりもその心の声をとらえているようだった。おそらく、彼女自身の体験とおなじく、鱗の化け物に村人が殺されたという嘆きが、同調をより強めているのだろう。

「座れ、アッシャ。座れというのに！　まだ訓練は終わってはいないぞ！」

「竜頭兵……あいつら、こんなところまできて」

アッシャはヴァレリウスに完全に背を向けていた。雲を踏むような足取りで一歩二歩と進む。真っ赤な髪が、炎そのもののようにざわりと逆立った。

「許さない……許さない。殺してやる。あいつらみんな殺してやる。八つ裂きにして……燃やして……みんな灰にしてやる。みんな」

「アッシャ！」

ヴァレリウスは呪縛の印を切ろうとしたが、一瞬早く、脳髄を直接殴られたような衝撃にあって呻いて膝をついた。激しい熱と炎に舐められた感触に呻く。

薄闇に火花が散ったと思った瞬間、アッシャの姿は消えていた。

「いかん」

（結界を破ったか……！）

ヴァレリウスが張った結界は普通の人間と外界の干渉を閉め出す程度のもので、魔道師を閉じ込めるための特別なものではない。

そして今、〈火〉のルーンを書き終えないままのアッシャの体内には、呼び出された〈火〉の力が充満している。制御されない力が感情のままに振りまわされるほど危険なことはない。それは周囲のみならず、術者本人までも食らいつくし、燃やし尽くすまで荒れ狂う。

「アッシャ！」

でこぼこの床につまずきながら飛びだして、大声で少女を呼ぶ。

「アッシャ！　戻ってこい、アッシャ！　行ってはいけない、危険だ！　アッシャ！」

答えはなく、人気のない暗い通路に、ヴァレリウスの声はむなしく反響するばかりだった。

ワルド城の中庭は急な出動に走り回る騎士や従士たちでごったがえしていた。あちこちで声高に馬をひけと呼ばわる声がこだまし、いななき鼻を鳴らす馬がたてがみを乱して引き出され、持ち出される鎧や兜がぶつかりあって鳴る。下働きの少年たちが武器倉から弓と矢をかかえては出てきてまた戻り、槍がきらめき、革紐や鎖帷子や籠手《こて》や臑当《すねあ》てやその他、戦に必要な小物を求めて苛立たしげに怒鳴る者も多い。

ようやく準備をととのえ、馬にまたがって拍車を入れようとした騎士の一人が、いきなり目の前に飛びだしてきた小柄な人影に驚いて手綱を引いた。竿立ちになりかける馬を鎮めて、苛立った目で邪魔者を睨みつける。

「なんだ、お前は。うろうろせずに早く他の者を手伝ってこい。一刻を争うのだぞ」

「騎士様は？」

早口にその者は言った。

「パロの騎士様は？　女騎士様はどこ？」

「ああ、そうか、お前、パロの聖騎士伯の従士か」

相手の腰帯にさされた短剣の紋章に目を止めて、騎士は鼻を鳴らした。まだ子供のような少年姿の相手は一瞬口を開けたが、結局何も言わずに、小刻みに何度もうなずいた。

「聖騎士伯のリギア殿なら、すでに城門を出られて問題の村に向かっておられる。われらも早く追いつかねばならぬ。パロを襲ったというゴーラの竜頭兵がケイロニアにも侵入しようとしているならば、捨て置くことはできぬ」

赤毛に緑の瞳の子供は騎士の馬の頭絡《とうらく》に飛びつくようにしがみついた。

「あたし……いや、俺も行く。連れてって」

「子供の行くような場所ではないぞ」

一瞬女の言葉使いになりかけたアッシャには気づかず、騎士は眉をひそめた。

「まだ竜頭兵と決まったわけではないが、もしそうならば、お前のような未熟な者が行くのは危険すぎる。聖騎士伯もそうお考えでお前を置いていかれたのだろう。おとなしく城で待っていろ」

「だめ！」

馬を打たせて行こうとした騎士の足首に、アッシャはさらに追いすがった。騎士はあやうく落馬しそうになり、罵りの言葉を口にした。

「お願い。乗せてって。行かなきゃ。行かなきゃならないの。あいつらがいるなら、行かなきゃ。あたし、俺、行かなきゃ、どうしても」

「やれやれ。聖騎士伯もたいした忠義者を抱えておられるものだ」

アッシャの必死さを主を慕う従士のものと取り違えたらしい。騎士は、あきらめたような笑みを浮かべ、腕をのばして男装の少女を馬の前輪にすくい上げた。

「いいだろう、来い。うわっ！　お前、熱でもあるのか？　ひどく熱いぞ。病気ならば、なおさら城に残っていたほうが――」

最後まで言い終えることはできなかった。アッシャが馬の首にしがみついたとたん、馬はいないて飛び上がり、狂ったように駆けだした。

騎士はあわてて手綱を引き絞ったが、馬は見えないなにかに駆り立てられているかのように必死に頭を振りたて、目を血走らせて、騎士とアッシャをのせ、ひと息に城外にかけ出ていった。

ヴァレリウスがようやく追いついてきたのはそのすぐあとだった。

閉じた空間で移動を試みたのだが、アッシャの指導で、予想以上に魔力と気力をすり減らしていたことに気づかされた。短い距離しか跳ぶことができず、うっかりすれば制御を失って、そのまま時空のはざまに迷うことになりかねない。

あきらめて、階段を駆け上がることにすると、今度は体力の低下と日頃の運動不足が効いた。数階を駆けのぼるうちに膝は立っていられないほど震えて痛みだし、地上に出たとたん、力尽きてその場に崩れおちそうになったが、なんとか踏みとどまった。

「ここに赤毛で緑の瞳の娘は来なかったか？」

ぜいぜい言いながら怒鳴る。

ほぼ用意を調えて出発しかけていた騎士が数人ふり返ったが、誰も答える者がない。皆、それぞれに自分の準備に夢中で、あたりの様子など見ている余裕がなかったのだ。

「女の子なんて誰も来ませんでしたよ」

そばを通りぬけかけた従士の少年が告げた。

「ああでも、赤毛のやつなら見かけたかも。けど、男の子だったよ」

「その子だ」

ヴァレリウスは少年の腕をつかんだ。

「どこへ行った？　すぐ連れ戻さねばならん。危険なのだ。あの子にとっても、周囲にとっても」

「俺はどこへ行ったか知らないけど」

少年は迷惑そうにあたりを見回し、ああそうだ、というように、今は空になった馬房のひとつを指した。

「あそこの馬に乗ってらっしゃるセシウス様が、そんな赤毛にまつわりつかれてたな。もう出発なさったみたいだから、もしかしたら馬に乗せていかれたのかも。あれ、パロから来た女騎士様の従士なのかい？」

そこまで聞けば十分だった。ヴァレリウスは少年の腕を乱暴に突き放し、罵声を背中に浴びながら、馬房の方へと駆けだした。

空いている馬を探して馬房をめぐる。いかにケイロニアの軍馬が頑健でも、完全装備の騎士に加えて、やせっぽちとはいえりっぱな大人のヴァレリウスを乗せている余力はあるまい。急いでいるときならなおさらだ。

だが、馬はすでに出払っており、いたのは意地悪そうな目つきをした荷運び用の驢馬《ろば》が一頭だけだった。ヴァレリウスの鼠顔を見て、驢馬は見下したように歯をむき出し、ぐりっと目をむいて脅すように鼻を鳴らした。

これで間に合わすしかない。ヴァレリウスは根の生えたように動かない驢馬をむりやり馬房から引きずり出し、柵にかかっていた毛布を鞍がわりに背にかけて飛び乗った。

驢馬はいやがって跳びはね、押しつけられたお荷物を振りおとそうとしたが、ヴァレリウスは断固として下りなかった。驢馬のちっぽけな脳に手をのばしてなだめすかし、美味なかいばと林檎、根菜、砂糖の塊の幻で幻惑する。

ようやくおとなしくなった驢馬は、人影のほとんどなくなった中庭を、魔道師を背にしがみつかせてとことこと走り出した。

＊

「見えたわ！」

先行する数騎に加わって先頭に馬を走らせるリギアが叫んだ。木々の間から、青い空に立ちのぼる幾筋かの黒煙が見える。

「あそこはなんという村？　何人ほど人がいるの」

「確か、削り窪の村と。村人は四、五十人ほど、家は二十軒あるかないかだと記憶しています」

馬首を並べていた騎士が身を寄せてきて答えた。

「昔あった泉のそばにできた村落で、名前もそれに由来するとか。今は泉も涸れていますが、村人は猟師や木こりなどをして、ささやかに暮らしているようです」

リギアはかたく口を結び、馬の速度をあげた。黒煙がまた一本増えた。

猛烈な勢いで森の中から騎士の一団が飛びだしてきたとき、蛇顔の賊はちょうど年寄りたちを縛り上げ、たたき壊した家の残骸を積んだ上にのせて火をつけようとしていた。とつぜん現れた敵の姿に、げらげら笑っていた声がぴたりと止まる。鱗のぎらつく緑色の手には松明が握られ、六芒星に蛇のゴーラの旗が風になびいている。

リギアの白い頬がかっと紅に染まった。

「やめなさい！」

疾駆する馬が蛇顔の男のそばを駆けぬけた。

鮮血がしぶいた。胴体を両断された蛇顔が、ずるりと崩れるように倒れこむ。

地面に落ちた松明がぶすぶすと燻《くすぶ》った。とんだ火花が藁屋根の残骸に飛び、炎があがる。

駆けつけた騎士が数名馬から飛びおり、火を踏み消しはじめた。さらに二人が残骸の上にのぼり、老人たちの縄をとく。

ようやく気を取り直したらしい蛇顔どもが手に手に剣や棍棒をとり、わめきながら打ちかかってきた。

リギアは気にもとめなかった。縦横に馬を走らせながら右に左に切りまくる。ほとんど返り血すら浴びなかった。麦の刈り入れのようなものだった。リギアの通ったあとには倒れた蛇顔どもの身体が散乱し、まだ息のある者は自らの血の上で泣き叫んでいた。

(おかしい)

剣を振るいながらも、リギアの頭の冷静な部分がいぶかしみ始めていた。

(あまりにも簡単すぎる。これはクリスタルを蹂躙したあの怪物どもではない。あまりにも弱すぎる。違いすぎる)

蛇顔どもの武器はどれも貧弱で不揃いで、どこかの戦場から拾ってきたか盗んだかというところだった。棍棒などは森の適当な木を切ってこしらえたようにしか見えない。よく見ると、はためくゴーラの旗もいささか色あせて、あちこちに染みやほつれがある。

一軒の、傾いだまま残っていた家のそばを駆けすぎようとした時、上から、奇声をあげて何者かが降ってきた。

そいつは歯をむきだし、がちがちと鳴らし、恐怖に白目をむいて、リギアの甲冑の隙間に短刀を突きこもうとしてきた。

馬上での短い格闘があったが、力についても技術についても、リギアの方がはるかに上だった。鱗の手から短刀をたたき落とし、背中へねじ上げて、鞍に抑えつける。

「た、た、助けて」

蛇顔は悲鳴を上げた。

「た、助けて。お助け。命ばかりは。どうぞ、命ばかりは」

（人語……？）

あることが頭にひらめいた。

リギアは相手を抑えつけたまま、無毛に見える丸い頭の皮膚をつかんでぐいと引っぱった。

皮は顔ごとすっぽりとひっこ抜けた。

現れたのは垢まみれの、小汚いぼさぼさ頭の男の顔だった。涙と鼻水にまみれ、戦いの女神めいて馬上にあるリギアの視線の前に縮み上がって震えている。

（人間……！）

リギアは手に残った皮を見た。

よく見ればそれは、薄い布に魚の鱗か何かを一面に貼りつけ、上から色を塗った一種の覆面でしかなかった。

口を赤く塗って耳元まで裂けて見えるようにし、目を吊り上げ、一面に貼りつけた魚鱗で一見蛇のように見せているが、わかってしまえば作りの雑な村芝居の小道具だ。夜の闇にまぎれれば蛇頭の怪物とも見えようが、光のもとで正体があばかれてしまうと、お粗末きわまりない細工だった。手の鱗もよく見れば、肌を緑に塗り、同じく鱗を貼りつけてそれらしく見えるように装った以上のものではない。

リギアは男の首に手刀を入れて昏倒させ、地面に放り出した。

白目を剝いている男には見向きもせず、他の騎士たちのもとへ馬を駆けさせる。今ではケイロニア騎士たちもこの盗賊団の三文芝居に気づいたようで、蛇の仮面をかぶった賊どもはすっかり戦意を失い、今度は自分たちが悲鳴を上げて逃げ惑う側に回っていた。

「待って、殺してはだめよ！」

少数のしつこい賊と切り結んでいる騎士に呼びかける。

「とらえて白状させるの、いったいどこからこんな考えを手に入れたのか、なぜゴーラの旗をかかげているのか、蛇顔の仮面をつけるよう教えたのはだれなのか、――！」

続けようとして、リギアは言葉を呑んだ。後続の一隊が争いの場に駆け込んでくる。

その隊列の中に、見覚えのある赤毛と、細い身体が見える。

「アッシャ！」

あわてて馬を下り、リギアはそちらへ向かおうとした。

「なぜここに？　ヴァレリウスはどうしたの」

アッシャには聞こえた様子もなかった。宙を踏んでいるような、妙に非人間的な動きで前へすべり出てくる。足先が地についていないかのようだ。

リギアの背筋に本能的な恐怖が走った。子猫めいたアッシャの顔にはなんの表情もなく、ただ目が、その妖精のような両の目だけが、異様な輝きを帯びてぎらついている。

「こいつら」

小さな唇が動いてもらした言葉がはっきりとリギアの耳に届いた。

「こいつらが、あたしの家族を、殺した」

とたん、すさまじい灼熱がほとばしった。

か細い少女の立つ足もとから、真紅の炎の輪がどっと広がってあたりを舐めた。周囲を囲んでいたケイロニア騎士たちの馬はおびえて跳ね上がり、騎士たちも熱に撃たれて顔を腕でかばってあとずさった。

「ど、どうしたというのだ？　この子供はなんだ？」

アッシャを乗せてきた騎士がとまどって叫んだ。

「あなたの従士ではないのか、聖騎士伯？　私は——」

説明している場合ではなかった。リギアは剣をおさめる間も惜しんで、倒壊した家をはさんだ反対側にいるアッシャめがけて駆けだそうとした。

そこへまた、前にもまして猛烈な熱風と炎が襲った。

勢いに煽られて、リギアはその場に仰向けに倒れた。髪の毛がちりちりと焦げ上がるのがわかった。立木に火がつき、燃え始めた。地面の草や乾いた家の残骸にはとうに火がついており、じりじりと焦げるきなくさい臭いがふたたびあたりに充満し始めていた。

「アッシャ！」

熱風を吸いこんだ喉はひどく痛んだが、かまってはいられなかった。かすれた声を張ってリギアは叫んだ。

「アッシャ、落ちつきなさい、アッシャ！　こいつらは竜頭兵じゃないの、あなたの両親を殺した化け物じゃない、ただの盗賊なのよ、しっかり気を持って——」

「こいつ、」

宙を踏むように、アッシャは逃げおくれて震えている盗賊の一人に滑り寄っていた。

その男は蛇の仮面の半分をまだ顔にへばりつかせたままで、逃げようと肘をついて起き上がりかけた姿勢のまま、凍りついていた。何が起こっているのかもわからず、ただ恐怖の仮面と化したその蒼白な顔を、アッシャは無表情に見下ろした。

「こいつがあたしの両親を殺した」

「アッシャ、違うの！　待って！」

　リギアが言い終える間もなく、火がほとばしった。

　一瞬にして盗賊は炎に包まれ、恐ろしい悲鳴をあげてのたうった。

　激しい炎の中にまぎれてその姿はかすかな影絵としてしか見えなかったが、断末魔の凄惨さはケイロニア騎士たちさえ目をそむけるほどだった。

　犠牲者がまだ炎に包まれてもがいているのを見向きもせず、すいとアッシャは前へ進んだ。

「どこ？　まだいるんでしょ？　あたしの父さんを殺した。母さんを殺したやつら」

　その声はすでに少女のものではなく、吹き上がる炎、ごうごうと燃えさかる劫火の唸りとほとんど区別がつかなくなっていた。小柄な身体の内側からじわじわと黄金の輝きがにじみ出し、ゆらめく光輪となって全身を包み始めていた。その中で逆立ってゆらめく短い髪と、緑から今は熱された黄金のしずくのように輝く瞳だけがはっきりしていた。

「殺してやる。みんな殺してやる。八つ裂きにして燃やしてやる。あたしの父さんと母さんにしたみたいに。近所のみんなにしたみたいに。みんな。みんな」

「アッシャ、気をしっかり持ちなさい、アッシャ――」

　まるで蠅でも追い払うようにアッシャは片手を振った。

三度、強力な灼熱と衝撃がリギアを襲い、リギアは倒れた。

気を取り直して立ちあがろうとし、思わず声をあげて剣を取り落とす。

剣の柄から刀身が、火に入れていたかのように熱を持っている。甲冑も同様だ。焚き火の上に載せられていたかのように熱い。汗が噴き出し、水をかぶったようになった髪の間をすべり落ちてくる。熱気で目がくらみ、頭がふらついた。

「アッ……シャ」

ふらつく足を踏みしめて、リギアはそれでも立った。

あまりの熱さに頭の中が煮えたぎっているように感じる。髪の毛の焼けるいやな臭いが鼻をつくのをぼんやり意識する。髪の毛だけってわけでもないんでしょうね、と妙に冷静に考えた。灼けた剣の柄に触れた指がずきずき痛み出している。じき水ぶくれになるだろう。

「聖騎士伯！　リギア殿、お下がりを！」

誰かが遠くで叫んでいる。リギアは無視して、肉焼きの鉄板のように感じられる甲冑をその場に落とした。

掛けがねに触れるだけで指先があらたに焼けつくのを感じた。鎧が音を立てて落ちると、鉄板にさえぎられていた灼熱の大気が鎧下の胴着にまともに襲いかかってきた。ふらりとして倒れかかったが、なんとかこらえた。

「アッ……シャ。待ちな……さい……止まって」

火焔の渦の中心で、小さな人影が踊るように回っている。すでにその姿は人間の輪郭を失いかけ、なかば炎と同化しつつあった。逃げまどう盗賊たちが次々と炎を上げる人間松明に変わっていく。

銀の鈴を鳴らすような、無邪気な笑い声が断末魔の凄惨な悲鳴の上を遠く渡ってきた。木立は炎のしずくを滴らせ、下生えの草は炎の池に変わり、家々は壊れたものもそうでないものもみな、薪の山に変わっていた。

愉しげに渦巻き舞い踊る火焔の花園の中で、ほとんど透き通ってしまった細い少女の爪先がくるくると回っている。もはや見分けられるのは、炎をすかしてうっすらと浮かびあがる小柄な人の輪郭と、燦々と燃えつづける両の瞳だけだ。

ケイロニア騎士たちは炎の範囲から身を避けることしかできず、暴れる馬をなだめることにやっきになっている。

「リギア殿！」一人が気づいて叫んだ。

「お待ちなさい、近づいては危険です！　あなたまで火に焼かれてしまう」

リギアは無視して進んだ。

一歩踏み出すと足もとで炎が吹き上がり、くねる火の舌が甘えるように這い上がってこようとする。払い落とし、ふるい落として、息もつまるばかりの熱気にほとんど意識を失いかけながら、それでもリギアは手探りで進んだ。アッシャのもとへ。

「アッ……シャ……待ちなさい」

自分が言葉を呟いているのかただあえいでいるだけなのか、リギアにも判断がつかなかった。

あらゆる場所で炎が踊り狂っていた。目くるめく火焔の花園。息を吸いこむたびに火そのものが気管を灼き、喉と肺を黒焦げにするように感じる。

「違う……これは違う……あなたのするべきことはこれじゃない……違う」

永遠にドールの焦熱地獄を這い進んでいるような気がした。

四方で炎が我が物顔に舞い、咲き誇り、泉のように沸き返って戯れ渦巻いている。リギアはまた一歩進んだ。

そして唐突に、ほとんど透き通ってしまった人影の前に立っていた。

火の輝きがまばゆすぎて、よく目をこらさないとそこに影があるということすらわからない。二つの目だけが誰かがそこにいるというしるしだ。

「アッシャ」

爛々と燃える双眸がゆらりとこちらを向いた——気がした。目鼻立ちすら失われたその顔は、まさしく炎の妖精のものだった。

『アッシャ？』

奇妙に遠く聞こえる声でそれは言った。

『アッシャ？　それはだれ？　なんだか、どこかで聞いたような気がする』

「あなたのことよ。アッシャ、思い出しなさい」

手を伸ばして透き通った少女の手をさぐろうとした。激痛が突き抜け、すでに火ぶくれだらけになっていた手がさらに真っ赤に腫れあがるのが見えた。リギアはひるまなかった。

「思い出して。あなたの名前はアッシャ。パロの王都クリスタルに住んでいた下町の宿屋の娘。あたしたちといっしょに、このケイロニアまで逃げてきた。思い出しなさい、アッシャ。思い出すのよ」

『アッシャ……』

炎の妖精はゆっくりと呟いた。逆立つ炎の髪がゆらめき、乱れた。

『アッシャ……アッシャ……アッ……シャ――』

ほとんど消えかけていた輪郭がぶれ、濃くなり、また薄くなった。黄金の双眸が暗くなり、また輝きを増し、せわしなくまたたいた。

『思い出せない』

「考えるのよ。考えて、アッシャ」

灼けた喉から、リギアは必死に言葉を絞りだした。

「宿屋でたまねぎのスープを煮ていたでしょう。ガティの粉をこねたでしょう。お父さんとお母さんと三人で、小さな宿屋と料理屋をしていて。裏には驢馬のいる厩と小さな畑。あなたはしっかりものの娘さんだった。お母さんをちゃんと落ちつかせて避難させた。こんなのはあなたじゃない。思い出して、アッシャ、本当の自分を」

『アッシャ――』

小枝がパチパチはじけるようにそれは呟いた。

『アッシャ――宿屋――父さんと母さん――驢馬――畑で――ガティの団子を作って――芋の皮を剝いて――母さんのヤーンのお守り――父さんの――父さん――の』

ふっと灼熱が遠ざかった。火焔の中に、心細げな顔をした赤毛に緑の瞳の少女の姿が、一瞬はっきりと浮かびあがった。

その隙をリギアは逃さなかった。

彼女は全身でもってアッシャのうつし身にすがりついた。今この時を逃せばアッシャはまた炎の精に飲まれてしまう、そう本能が告げたのだった。

先ほどまでとは比較にならないすさまじい灼熱が全身を包んだ。耐えきれず、リギアは叫んだ。開いた口から炎が吹き上がるのが見えた気がした。潮のような騎士たちの狼狽と制止がはるか彼方から聞こえてきた。

気持ちは奇妙に平穏だった。わかっているのはこの手を離さないこと、炎の中に消えかけているこの少女から手を離さないこと、それだけだった。胴着に火がつき、燃えあがる。マントも靴も足通しも、あおられる長い黒髪も、たちまち炎の餌食となって食われていく。

それでも手は離さない。

けっして、この手は、離さない。

熱気でぼやけた視界の端に、驢馬の背中で穀物袋のように弾みながら駆けこんでくる黒衣の貧相な男の姿が映った。顔の半分ほども口にして、何事かをわめき散らしている。

ああ、うるさいこと。そんなにさわがないで、アッシャが起きてしまうじゃないの――

その思念を最後に、リギアの視界は闇に沈んだ。

第三話　紅の凶星

1

何かがそっと床の上を滑る音がかすかに彼の意識を呼び覚ました。

続いて、小さな扉が閉まるパタンという音がこだまし、またなんの音もしなくなった。なおもしばらく彼は、すべてのものから逃げるかのように羽毛の布団に顔をうずめていたが、半刻《ザン》ちかくたってやっとのろのろと身を起こし、音のしたほうに顔を向けた。

いつもと同じものが、同じように盆に載せて床の上にあった。割ることのできない金属製の瓶に入った葡萄酒、あらかじめ切り分けた肉とパン、香味油をかけた揚げ魚、苦みのある青菜と海老の冷菜、冷えたカラム水。

食物の種類は毎日変えられていたが、彼にとっては、どれも砂をかんでいるのと同じだった。盆は黄金、器は贅を尽くした彫刻入りの銀製であったが、匙以外、とがった道具や切るための道具はいっさいついておらず、食べるには手を使うしかない。

彼はのろくさと寝台を降り、卓まで運ぶ手間すら省いて床に座り込むと、機械的にパンと肉を口に運んだ。茶色い肉汁がしたたって裾長の夜着を汚したが、頓着しなかった。やせた顎を油が伝い、指先が苦菜の汁で青く染まった。彼はぼんやりしたまま、赤ん坊のように指をしゃぶった。汚れた手を清めるための、香りのよい果物の輪切りを浮かせた水鉢もついていたが、もう長いこと利用していなかった。そんなことすらもはや気にもならないほど、彼の頭は鈍麻しきっていたのだった。

いずれにせよ、この食事に盛られた薬がまた彼を眠らせ、その間にそっと入ってくる従者たちが汚れた衣服を換え、体を清め、室内を清掃して空の食器を持ち去るはずなのだ。いつもそうしてきたように。

食事を半分がた平らげてしまうと残りには興味を失った。食べ散らかした盆を放り出し、彼は足を引きずりながら寝台に戻った。仰向けに横たわって、形だけは豪華にととのえられた天蓋を眺める。

実際、窓がない以外には、きわめて豪華な室内だった。王族のための部屋だった。調度品は注意深く選ばれ、すべて最高級のものが揃えられていたが、焼き物や硝子など、割って体を傷つけることができるようなものは注意深く避けられていた。また、首をくくることのできるような紐や綱類も、完全に排除されていた。布類は手では破ることのできないしっかりしたものが使われ、万が一にも、つなぎ合わせて紐代わりにできないよう、細心の注意が払われていた。

無駄なことをするんだな、と石のような心で彼は思った。

だって僕はもう死んでるのに。

死んだものが、また死のうとするわけなんてないじゃないか。

もういつからここに一人でいるのか、思い出すことはできなかった。

断片的に頭をよぎっていくのは、死んでゆく父と母、またたく古代機械のむこうで倒れる男、暗い辺境の森の夜、双子の姉と二人震えていたこと、浅黒い痩せた若い傭兵の皮肉げな笑顔、荒野のイドの群れ、豹の頭をした異形の剣士、そして……そして……。

そこからあとの記憶は虫にはまれたように欠落だらけだった。船に乗り、海風に吹かれて青い海をわたったことは覚えている。なつかしい故郷に歓呼に迎えられてはいったこと、華やかな戴冠式、そして愛らしいアグラーヤの姫との婚姻、それから……そして？

ふいに彼の口から人間とも思えない獣じみた叫び声が噴出した。それまで死体のように横たわっていた体が操られたように飛び上がり、布団の上を暴れまわり、床に転げ落ちてのたうった。ぎゅっと耳を押さえ、目を閉じて、すっかり頬のこけた顔をゆがめて苦悶に身を丸める。

考えてはいけない。自分を支配していた古代の魔道師の亡霊など。愛する妻の胎《はら》に宿ったおぞましい異界の魔など。

その魔に操られるまま、わが宮廷を悪霊の跋扈《ばっこ》する場所にしていたことなど。いったんは取り戻したはずの祖国をふたたび分裂状態に追い込み、復興しかけていた国を崩壊状態にし、王座を逐《お》われた自分のことなど……

僕は死んだ。死んでるんだ。だからこんなところに埋葬されてるんだ。

死人は何も思い出したりしない。不幸なことも、幸せだったことも。

かつて姉とともにパロの二粒の真珠と称された銀髪は老人のようにぱさつき、もつれて延び放題に垂れている。菫色《すみれいろ》の眸《ひとみ》は濁ってよどみ、腐った泥沼のようにどろりと見開かれたままだった。

もともと体格に優れてはいなかった体はいよいよやせ細り、小鳥のそれのような骨格に今にも破れそうな薄い象牙色の皮膚をかぶせただけのありさまになっている。肘と膝の骨が瘤のように大きく飛び出し、そげた頬ととがった顎が食べ物の汁に汚れている。

食事をとっているのも、そうしなければ無理に口に食べ物を詰め込まれるか、薬で眠らされているうちになんらかの形で栄養をとらされると悟ったからだった。

はじめのうちは近くにいつも従者という名の監視人が控えていたが、やがてそれもいなくなった。ときおり思い出したように狂乱する囚人に辟易《へきえき》したのか、それとも、もはや監視するほどの意味もないと判断されたのか。それなりに毎日食事が運ばれ、身体を清められるところを見るとまだ死なせるつもりはないようだが、なぜまだ生かされているのか彼には見当もつかなかった。

いっそこのまま放っておいてくれればいいのに、といつも思っていた。いま自分に代わって玉座についているはずの姉のことを思った。

彼女はあわれな弟を放っておくことができないのだろうか。王国にこれだけの災厄を招いたあとでもまだ双子としての情が残っているのか、それとも、彼にとっては死よりも無為に生かされつづけることのほうがずっと重い罰だと理解しているのだろうか。きっと後者だろう。

だってリンダはいつも強くて正しかったから。

そう、僕よりもずっと。

柔らかい絨毯に額を押し当てて彼は忍び泣いた。涙はもはや出ず、鶏の首のようになった喉からは風の吹き抜けるような音が漏れるばかりだった。

「僕は王になんかなるはずじゃなかった」

すすり泣きのあいまに彼は呟いた。

「僕は王になっちゃいけなかった……リンダだって、不吉な予言をしたのに……ああ、僕には王になる資格なんてもとからなかったんだ、なのに、王座になんて上ったから、きっと……きっと……」

乱れて艶をなくした銀髪を腕に伏せて、彼はまたすすり泣いた。魔道によってともされた灯りはゆらりともせず、悔恨と悲哀にさいなまれる彼を照らしていた。前パロ王レムス、廃され蟄居《ちっきょ》という名の幽閉を受けた王、その子供のように小さな、孤独な背中を。

＊

「まだイシュトヴァーン陛下への使者は戻らないのか？」

カメロンは苛立ちもあらわに声を荒らげた。

視線の先に集まっていたゴーラ兵たちが、すくみ上がってそれぞれに目をあわせまいと顔をそむけた。互いにつつきあっていてから、隊長らしき一人がおそるおそる、

「もうしばらくお待ちくださいませ、閣下。現在パロは、陛下のご命令によって厳しく検閲の網が張られております。たとえゴーラの旗印をかかげておりましても、そうたやすくはクリスタルの門を抜けることはできませぬ。陛下のご命令では……」

「ご命令などどうでもよい！」

兵士はひっといって黙った。

カメロンは髭をかみ、苛立ちまぎれに一国の宰相としては口にしてはまずい言葉を発してしまったのをわずかに後悔したが、苛立ちと焦燥がすぐにそれを消し去った。

「とにかく、今しばらくお待ちを。われわれとしても国境警備を任されている以上、陛

下からご許可をいただかないことには、どなたであっても通してはならぬときつく申し渡されておりますので……」

カメロンは大きく舌打ちすると、苦りきった顔で、押しつけられた豪華な椅子とクッションの上に埃まみれの身体を投げ出した。

イシュタールから出てほぼ十日あまり、オロイ湖を船で横断して近道をしたあと、カメロンは、赤い街道を夜を日についで馬でとばした。

休息は必要最低限、町に足を止めるのは食料と馬を換えるときのみだったが、そこで耳に入ってきた噂は、自分とイシュトヴァーンの正気を同時に疑うものだった。

いわく、友好を装ってパロに入城したゴーラ王イシュトヴァーンは、おぞましい姿の異界の魔物の軍勢を呼び出してクリスタルを蹂躙《じゅうりん》し、住民を虐殺して、女王リンダを捕らえた。

首都から逃げ出すことのできた人間はほとんどおらず、血臭は風にのってクリスタルの城壁をこえて遠く広がった。近くの町から逃げてきたという人々は、恐ろしい叫喚《きょうかん》や断末魔の声に混じって、この世のものとも思えぬどんな獣のものでもない咆吼がとどろいた、と恐ろしげに語った。

「噂じゃ、イシュトヴァーン王は黒魔道師と結託して、パロを自分のものにしようとしてるって話ですぜ」

カメロンをゴーラ宰相と知らず、ただ旅の商人と見た馬宿の主人は、パロへ近づかないようにという警告とともに太った身体をゆすった。

「なんでもイシュトヴァーン王は、むかしっからリンダ女王陛下に横恋慕してたとかで。それを女王陛下が、亡くなられたご夫君に操立《みさおだ》てしてどうしても思うままにならねえんで業を煮やして、黒魔道師に呼び出さした魔神に魂を売って、おっそろしい魔物の軍勢でパロを焼き払ったとか」

「ばかな！」

思わず大声を出してしまったカメロンだったが、相手がひるんだのを見て取るとあわてて平静をつくろって、

「いや、すまん、あまりに信じられない話なのでな」

とごまかすように手渡された水の椀をすすった。

「しかしイシュトヴァーン王はいったい、どこでどうやってそんな黒魔道師など見つけてきたのだろう？　魔道の本場はパロと聞いているのだが」

「さあ、そこまではあっしには」

宿の主人は肩をすくめた。

「ただ、今のクリスタルとパロには絶対に行っちゃなりません、こいつは本当ですぜ、

旦那。その怪物にもうちょっとで食われそうになったって御仁から直接聞いたんですから。なんでも、ちょうど買い付けに出かけるところで門の近くにいたんで、荷物もなにもかも投げ出して全速力で逃げてやっと助かったそうなんですが、どでかい頭の半分以上が口でできてるみたいな鱗だらけの化け物で、でっかいトカゲが二本足で立ち上がったみたいな格好をしてて、ものすげえ牙のずらっと並んだ口をぱっくり開いて追いかけてきたそうなんで。その脚の速いことってったら馬以上だし、また口のでっかいことったら、牛一頭丸飲みにできそうなほどだったそうですんでね」

「門の外までは追いかけてこなかったのかね？」

胸の不吉な波立ちを隠しつつ、気楽な調子でカメロンは問いかけた。

「はあ、それが不思議とそうらしいんで。その御仁がなんとかクリスタルの市外へ転げ出ると、急に興味をなくしたみたいにくるっと向きを変えて、市内へ戻ってってたそうで。もし街道までおっかけてこられてたら、今ごろ自分はあの怪物の腹んなかだったって、青くなって震えてましたよ」

この話に、カメロンの内心は青ざめるどころの騒ぎではなかった。

黒魔道師ヤンダル・ゾッグの術によって操られ、慕っていた相手を結果的に死に追いやった経験は、イシュトヴァーンにとって触れられたくない過去の傷である。

パロの目障りな宰相もまた魔道師ということもあり、魔道や魔道師全般に対してよい印象を持っていないはずのイシュトヴァーンが、いったいどういう意識の変化でそのような怪物とかかわりを持つ羽目になったのか、カメロンには見当もつかなかった。

（まさか、また黒魔道師かその類《たぐい》にたぶらかされているのではなかろうな）

だが、同時にイシュトヴァーンの近侍としてつけているマルコの有能さには、カメロンも信をおいている。そのマルコが送ってきた報告書には少なくともまだ、そのような事態が進行しているような影はなかった。

あれがイシュタールのカメロンのもとに届き、そしてここにやってくるまでに、何らかの魔手がイシュトヴァーンの上にのびたのに違いない。

かつてはヴァラキアの不良少年、そして赤い街道の盗賊として殺人や略奪をさしたることとも思っていないイシュトヴァーンをカメロンはよく知っていたが、異界の怪物を操って人々を虐殺するなど、とうてい彼のやりそうなことではなかった。

（ひょっとして――）

何者かがイシュトヴァーンに乗り移っている、あるいは、イシュトヴァーンを殺してなりかわっているのではあるまいか。

そう考えて、カメロンは喉の奥が引きつるのを覚えた。

ゴーラの宰相としてではなく、単にイシュトヴァーンを少年の頃から知り、その成長を楽しみにしてきた人間として、そのような運命に彼が陥ることなど耐えられなかった。

　自然に腰の剣にむけて手が動き、それを感じた宿の主人がおびえたようにあとずさった。カメロンは大きく息をつき、意識して手を剣から離して、力を抜いた。

「すまんな、おやじ。くれぐれも気をつけることにしよう。俺もそんな化け物からあわてて逃げ出す羽目にはなりたくないからな」

　だが馬を換えるが早いか、街道を飛ばすカメロンの足はますます速くなった。パロへ、クリスタルへ——異様なことが起こっている、あってはならないことが起こっている、そしてその中心に、彼の愛してきたイシュトヴァーンが存在しているという事実が、鉄板の下の火のようにじりじりとカメロンの胸を灼き焦がした。

　ひとつの怖れもあった。門から出ようとしない災厄。それは、つい最近、かのグインのいるケイロニア、サイロンを襲った黒死の病を連想させた。

　あの病もまた、強い伝染性をもってサイロンの空を葬送の煙と嘆きの声で満たしたというのに、同時に、サイロンの門からその病が漏れたという話をひとつとして聞かない。サイロンから逃げだしてきた民から災厄が広がることもなく、それさえ、ある日吹き消されたように病魔の跳梁はとまり、すべては何事もなかったように収まったとか。

（その後、サイロンでは魔道師同士の争いがあったと聞くが）

　そのような魔道師の力争いに、イシュトヴァーンもまたまきこまれたのではあるまいか。

パロでは先の内乱であらかたの魔道師が死に、彼らを統率していたギルドも以前ほどの力をなくしているという。グラチウスはじめ、このような隙を狙って暗躍する魔道師たちの誰かが、駒の一つとしてイシュトヴァーンを選んだ可能性もある。

しかし、もっとも懼れるべきは――

（キタイの、竜王か）

竜王、ヤンダル・ゾッグ。

東方の大国を支配する、正体不明の魔道師王。

カメロンは以前から、かの存在については事あるごとに探索の手を出し、その正体や目的を探ろうとしてきた。だが、それら密偵が役に立つ情報を手に入れてきたことは一度としてない。

たまさか戻ってきた者も、日が経つごとに意味不明な言葉を口走るようになり、あるいは狂乱して他人を殺戮《さつりく》したあげくにわれとわが身を突き刺し、あるいはまるで自らの手で自分を扼殺《やくさつ》するかのように喉に手を巻きつけて紫色の顔でこときれているのを発見された。

それに、トカゲの化け物。パロ内乱において、竜の頭を持った兵士がヤンダル・ゾッグの意を受けてパロ軍の一部を操り、人々を鏖殺《おうさつ》したという。

竜の頭を持つ兵士がいるのなら、トカゲの怪物が兵士のように編制されて人を襲うというのもありえぬ話ではあるまい。あの東方の魔道王に関しては謎が多すぎて、どのような手を打ってくるかは、人間の思考でははかり得ない部分がある。

イシュトヴァーンから聞いた話では、パロの高官であるベック公爵ファーンも、ヤンダル・ゾッグによって植えつけられた〈魔の胞子〉なるものによって脳を破壊され、今では廃人同様に療養の日々を送っているとか。もしやイシュトヴァーンもまた、同じようなものを植えつけられ、竜王の思うがままに動かされているのではあるまいか。

（えい、くそっ）

地面を蹴る蹄のひとつひとつがもどかしい。

カメロンは手綱をとる手に力をこめ、馬に拍車を入れた。月光のもと馬は躍りあがり、夜空の下に暗く血の流れのように続く赤い街道の敷石を砕かんばかりに踏み鳴らして狂奔した。

（無事であってくれ、イシュト）

祈るようにカメロンは思った。

彼を思うとき、いつもカメロンの心に浮かぶのは現在の彼、ゴーラ王となり、倦怠と満たされぬ憤懣の色をつねに目に浮かばせた彼ではなく、裸足で波止場に座りこみ、片手でナイフと賽《さい》を手玉にとりながら、首にかけた玉石を誇らしげに見せつけて、不遜な笑みを浮かべている少年の彼だった。

（待っていろ。どんなことになっていても、俺が必ず助け出してやるからな）

鉄蹄《てってい》の音は夜を貫いて響き、街道を疾駆するカメロンは、彼自身が一陣の不安な風と化したかのようであった。

そうして、息せき切ってようやくパロ国境の砦にたどりついたカメロンを迎えたのは、なにやら困惑の色を隠さないゴーラ兵たちと、いかにそこを通過しようとしても執拗にとどめようとする画策であった。

彼らは埃にまみれたカメロンの出現に驚愕はしたものの、さすがにイシュトヴァーンの子飼いであるからには、宰相の顔は知っていた。すぐにイシュトヴァーンのところへ使いをやると言いはしたものの、焦れるカメロンがまっすぐにイシュトヴァーンのもとに駆けつけようとすることは、なにやかにやと邪魔をした。

「礼儀などどうでもいい。ことはパロとゴーラの間だけでは収まらぬかもしれぬのだぞ。イシュトヴァーン王には俺が直々に諫言《かんげん》してこのような愚行はお止めいただく、それを止める権利がお前たちにあるのか」

「し、しかし、閣下も長旅でお疲れのようにお見受けいたしますし」

おそるおそるといった調子で兵士の一人が口をはさんだ。

「我らとしても、カメロン卿がわざわざイシュタールから参られたというのに何のおもてなしもなく、また、陛下に何のお知らせもせず、閣下をお通しするわけには」

「もてなしなどどうでもいい！」

カメロンは吠えた。

「俺は一刻も早く、何がどうなっているのか確かめねばならんのだ。だいたい、お前たちはなぜ王をお止めしなかった？　パロへ行くとおっしゃるのをついそのままにしてしまった俺にも非はある、だが、パロを異界の怪物によって蹂躙し、人々を虐殺して女王を監禁するなど、正気の沙汰ではないぞ」

兵士たちはうそ寒い顔をして視線をかわすばかりだった。

「これ以上言っても無駄なようだな」

カメロンは椅子から立ちあがり、たがいに目を合わさないようにしている兵士たちを押しのけ、連れこまれた部屋から出ようとした。

そこで思わず足を止めた。扉の両側には剣と槍で武装した兵士が立ち、廊下には、同様に鎧を身につけた兵士が数人肩をあわせるようにして出口をふさいでいたのだ。

「なんだこれは？」

カメロンは詰問した。激昂のあまり、その声はむしろ静かだった。

かつてヴァラキアの冒険商人とその女王であるオルニウス号のあるじを知っている者なら誰でも、暴風雨の前触れをその中に感じて震え上がったに違いない。

兵士たちも同様のものを感じたようだった。面頬の内側でさっと色を失った者が少なからずいたが、それでも、おずおずと武器をとりなおし、カメロンの行く手をふさぐように集まった。

「どういうことだ。お前たちはこの俺を監禁しようというのか。ゴーラ王その人の宰相であるこのカメロンを」

「お許しくださいませ、閣下」

ためらいがちに剣をかまえた兵士の一人が懇願するように言った。

「だれ一人、許しなくクリスタルに近づけてはならぬとの厳命を受けております。それがたとえカメロン卿、あなたであっても、むしろ、あなたであれば特に、とさえの申し渡しです。われわれも喜んで従っているのではございません、しかし、陛下よりのきついご下命とあれば、われら、従う以外にございません」

「なるほど」

カメロンは唇の端を皮肉に曲げた。

「では、貴様らがどうしようもなかったと言い訳できるようにしてやろう」

「は……」

兵士のけげんそうな顔がきちんと形をつくらぬうちに、カメロンの腰から銀閃がほとばしった。

剣の平で横殴りに頭を殴られた兵士はものも言わずに吹っ飛んでその場に倒れた。柄を腹にたたき込まれ、脚を払われ、一息のうちに十人近い兵士がその場に転がった。人の壁に隙間があき、カメロンは狼のようにその場をすり抜けた。

「お、お止めしろ！」

動揺した叫び声がいくつか上がったが、追いかけてくる者は少なかった。陸暮《おか》らしが長くなったとはいえ、まだまだ下っ端の若造に体さばきで負けるようなカメロンではない。なんとかすがりついて足止めをはかろうとする果敢な輩を蹴りのけ、殴り倒し、厩へと行き着いた。

ざっと見回して、来たときに確認していたのより馬が減っていないのに気づいた。自分の乗ってきた馬の分が一頭増えているだけだ。つまり彼らはクリスタルへ、イシュトヴァーンへの使いなど出していなかったことになる。

「閣下！　お待ちを、閣下！」

情けない騒ぎが追いかけてくる。

カメロンは身を翻《ひるがえ》すと、馬の中でいちばん足の速そうな一頭を選んですばやく馬具をつけた。手綱をつけ、腹帯を締めおわったところで、息せききった兵士たちが駆けつけてきた。

「カメロン卿、どうぞ、われわれの立場も――」

「すまんが、お前たちの態度でもはや一刻の猶予もならんことを確信した。状況はこの目で確かめる」

言いざま、カメロンはひらりと馬にまたがり、わき腹を蹴った。

馬は一声鳴いて飛んだ。馬柵を飛び越え、兵士の集団の真ん中に着地して、男たちは甲冑を鳴らし武器を取り落として情けなくも逃げ散った。

カメロンは意にも介さずそのまま速度を上げて砦の門を一直線に目指し、クリスタルへと続く街道へと一気に飛び出した。

（おかしい。いよいよ妙だ）

猛然と馬を駆けさせながら思った。

警備に配置されていた兵士たちの異様な雰囲気が、気持ちをいよいよ波立たせていた。皆、何かを恐れているような目つきをきょろつかせ、物陰から何者かに監視されてでもいるように不審な動きをしていた。

ゴーラからわざわざ宰相が駆けつけてきたというのに先導して通そうともせず、イシュトヴァーンへの先触れすら出した様子もない。どころか、かえってカメロンを足止めし、あわよくばごまかしてそのまま引き返させようと画策していたふしさえある。

（どういうことだ。やはりイシュトヴァーンは何かに操られているのか、それとも、別の何かが）

とにかく、一刻も早くクリスタルに入ってイシュトヴァーンに会うことだ。

そうすれば何もかもが明らかになる。

いや、そうあってくれ。

馬に拍車を入れつつ、カメロンはいっそう炙られるような焦燥に我が身を焦がされていた。

2

クリスタルの白い城壁のかたわらに馬をとどめて、カメロンは言葉を失っていた。

（なんだ――これは）

かつては中原の宝石とうたわれたパロの都クリスタルは、もはや見る影もなかった。

あいつぐ戦争と内乱によってかなり荒れているとは知ってはいたが、目前の惨状はもはやそのような域をはるかに越えていた。

目にはいるのは瓦礫《がれき》の山と、かつては美しかったと思われる塔や神殿の残骸、そして赤黒く変わった血だまりの跡。

一足ごとにこみあげる吐き気を抑えながら、カメロンはゆっくりとパロの王都だった場所を歩いた。磨かれた石はなだらかな曲線を失って醜い破片と化し、人々が行き交った街路は焦げた黒い跡や血をぶちまけたような染みに汚されている。そこここに虫のたかった黒いかたまりが横たわり、近づいてみると、屍肉を食らう虫が黒い雲となって飛び立ち、腐臭をまき散らした。

口と鼻をふさいでのぞき込んでみる。何者かにかみ砕かれたか、引き裂かれでもしたような死骸だった。ほとんど骨になった見かけからは何者とも判別できなかったが、近くに武器も鎧も見あたらないことからして、おそらく一般市民なのだろう。

略奪にあって武器や鎧が奪われたのなら別だが、そういった雰囲気ではなかった。崩れ落ちた神殿の飾り彫りにはまだはめ込まれた貴石が鈍く輝き、好事家には高く売れそうな乙女の彫像が、ほとんど無傷のまま台座から落ちて空虚なほほえみを空に向けている。略奪があったのなら、鎧や武器を持ち去るより、あちらのほうを先に持ち去りそうなものだ。

道中の宿で聞かされたおぞましい話を思い出し、カメロンはぶるりと身を震わせた。

（トカゲの化け物を操って市民を虐殺——まさか、本当なのか）

いったいなにがあった。お前はどうしてしまったのだ、イシュト？

クリスタルは死の沈黙に包まれていた。生き残っている者がいるのかどうか、街路には動く者の姿とてなく、ただ破壊と虐殺の跡がどこまでも続くばかりだ。

陰鬱な気分でカメロンはただ先へと馬を進めた。腐臭が強くなった。それと、これまで嗅いだことのない、異様ななまぐさい臭いが。

道をひとつ越えるたび、通りをひとつわたるたび、凄惨な破壊と死はひどくなった。壁に投げつけられたようにぶちまけられた血の染みが、ばらばらに砕かれて散乱する人とも動物とも見分けのつかない腐肉のこびりついた骨が、カメロンの目を悩ませた。

「おおい！」

思わずカメロンは大声で呼びかけていた。

「誰かいないのか！　返事をしてくれ！　おおい！」

こだまは何の反応も呼び起こすことなく、崩れ落ちた建物のあいだをしだいに小さくなりつつむなしく消えていった。

都を占領したのならばいていいはずのゴーラ兵さえ、応える者はいなかった。カメロンの背筋を、なにやら異様な震えが走った。自分の想像を超えた何事かが起こっている、それを知った瞬間の超自然的なものに対する本能的な畏れだった。

口をぐいと引き締めると、無言でカメロンは馬の手綱をとった。クリスタル宮へ、イシュトヴァーンのもとへ。

もはや、彼に会って話をするしか、この事態の真相を確かめる法はないようだった。

「開門！　開門せよ！」

そびえ立つパロ王城、クリスタル宮の正門前で、馬をなだめながらカメロンはよく通る声を響かせた。

「こちらはゴーラ宰相カメロンである！　まさか、俺の顔を見忘れたというわけではあるまいな、ゴーラの者よ？　イシュトヴァーン陛下にこの度の暴挙のご真意を質《ただ》しに参った。開門せよ！」

城門前の広場もまた閑散としていた。アルカンドロス大王の彫像は砕かれ、白かった石畳は、ほとんど隙間もないほどに赤黒い血の染みで塗り替えられている。漂う腐臭と生臭い異臭は、すでに頭痛がするほどに強まっていた。

閉ざされた王城の門はしばしひっそりとしていた。

またここでも邪魔されるのか、とカメロンが内心吐息をつき、ならば力ずくでも、と決心を固めかけた時、城壁の上から、「おやじさん!?」というなつかしい名と声が、あわてた調子で降ってきた。見覚えのある顔が見張り塔の上でさっと動いた。

「マルコ！」

喜色があふれるのを押さえられなかった。

「マルコ、お前か？　早く門を開けて、中に入れてくれ！　いったいどうなっているのだ？　市中がまるで死者の都のようではないか！　イシュトヴァーンはどうしている？トカゲの化け物という話はいったい何なのだ？」

「今、門を開けさせます。そこにいてください。話はそれから」

マルコのあわてた声はいったん消え、声高に誰かを呼びつけるあわただしい気配がした。

しばし待つうちに、クリスタル宮の巨大な門扉はかすかな地響きとともに内側から開かれた。中から、憔悴と安堵を複雑にまじえた顔つきのマルコが、いささか乱れた服装に、剣帯を止めながら現れた。

「おやじさん、俺は……」

「マルコ。お前の手紙を読んで飛んできたのだが、何が起こっているのだ？」

みなまで言わせず、単刀直入にカメロンは尋ねた。

「お前があの手紙を書いた時以上に恐ろしい事態になっているようだが、いったい、イシュトヴァーンはどうしてしまったのだ？」

マルコは疲れたようにかぶりを振った。

「俺にも、はっきりしたことはわかりません。とにかく中へ。俺にわかることなら、なんでもお話しします」

カメロンは馬から下りた。マルコは自分で馬の手綱をとり、カメロンをクリスタル宮の中へと導いた。

「イシュトヴァーンがキタイの魔道師と？」

旅装を解く間も惜しんでマルコの話を聞いたカメロンは、おのれの正気を疑った。

「馬鹿な！　あいつはさんざんグラチウスだの魔道師どもにもてあそばれていて、魔道嫌いも甚だしい上に、相手がキタイの魔道師？　十中八九、キタイの竜王の手の者であることはわかりきっているではないか。なぜイシュトヴァーンはそのような相手と結んだのだ？

しかも、あの市中の様子はなんだ。ただの戦争や略奪とは見ただけでも性質が違う。俺はここへくる道中で、パロを二本脚で立ったトカゲの化け物が襲ったと聞いた。本当なのか」

「はい」

マルコは実直そうな顔を苦渋にゆがめて悔しげにうつむいた。

「パロに入ってからというもの、イシュトヴァーン陛下はすっかりわれらドライドン騎士団の者をうとまれて、ご自分の子飼いのならずもの同然の人間ばかり周囲においておいででした。俺はとにかく近侍としてそばを離れぬよう努めておりましたが、そのカル・ハンとかいうキタイの魔道師を連れてこられてからは、俺すらもお側に近づけてはいただけぬようになりました。最近ではもっぱらその魔道師と二人部屋にこもって、なにやら密談を交わしておられるご様子です」

「理解できん」

カメロンはうめいた。

「あれだけ魔道師にひどい目にあわされて、まだ懲りていないというのか。いくらなんでも常軌を逸している。ましてや、市中の人間を異界の怪物によって虐殺しつくすなどと、とうていイシュトヴァーンのやることとは思えん。あれは戦いにも殺しにも長けた男だが、そういった種類の邪悪さとは縁遠い人間のはずだ。少なくとも、俺の知っているイシュトは。なあマルコ、そのカル・ハンとやらに、イシュトヴァーンが操られているという可能性はないのか？」

「俺にはなんとも言えません」

悲しげにマルコは首を振った。

「ただ、陛下が以前とはお人が変わられたということは言えると思います。魔道師に操られている、という意味かと言えば、それとは違うと思いますが。むしろ、なんらかの理由があって、カル・ハンをご自分の味方だと考えられているような。そのトカゲの怪物、カル・ハンは竜頭兵と呼んでいたようですが、そいつを市中に溢れさせたのも、かの魔道師のしわざです。俺たちはクリスタル宮の一角にとどめられたまま、出ることも許されませんでした。もしも出陣が許されていたら、どんなことがあっても陛下の蛮行をお止めし、あの邪悪なキタイ人を斬り殺していたのですが」

マルコの手が震えながら剣の柄を撫でている。武人として、また一国の王の近侍として、戦いに加わることも許されず、戦争とすら言えない怪物による虐殺を止めることすらできなかった無力への悔恨が、若者の心をさいなんでいることは明らかだった。

「市中を通ってきたときはその竜頭兵とやらはもちろん、ゴーラ兵の姿すら目にしなかったが、奴らはどこにいるのだ」

「それも、わかりません。魔道師によって召喚された異界の生物であれば、再び召喚されるまではまた異界に戻っているのかもしれませんが。ゴーラ兵たちに関しては、俺たちドライドン騎士以外は、行方が知れません。要所の警備や、国境付近に派遣された少数の部隊を除いては、すべて消え失せています。もともと数は多くなかったはずですが、陛下がお気に召して取り巻きにさせておられた者たちでさえ、あの竜頭兵が現れてからは、姿が見えなくなっています」

「リンダ女王はどうなされた？　彼女も竜頭兵に殺されたのか？」

「いえ、それはありません。陛下がリンダ女王に執着されていたのはおやじさんもご存じでしょう。おそらくクリスタル宮のどこかに軟禁されているのだと思いますが、俺たちに所在は知らされていません。知っているのはイシュトヴァーン陛下と、あの呪われたカル・ハンのみです。ただ……」

「ただ？　何だ」

　ふと言いよどんだマルコに、カメロンは先をうながした。

「ただ……もう一人、何者かが陰にいるような気がするのです」

「陰にいる？　どういう意味だ」

「陛下はけっして愚かな方ではありません」

ためらいがちにマルコは言った。

「むしろきわめて勘のいい、とっさの判断力にすぐれた方であるのはおやじさんも承知の上でしょう。そんな方が魔道師、それもキタイの人間なんかに、ああも心を許すとはどう考えてもおかしい。そう思って俺は、機会を見つけては陛下の身辺に気をつけていました。そうしたら」

「誰か、別の人間が？」

「人間……なのかどうか」

眉をひそめ、マルコは言葉を濁した。

「一度、扉ごしに会話の断片を耳にしたことがあるだけですが……カル・ハンの後ろにどうやらもう一人誰かがいて、陛下が本当に気を許してらっしゃるのは、どうやらその相手のように思われるんです。くぐもった感じの声で、どこか遠くからこだましてくるもののように感じます。おそらく魔道師が、何らかの形で遠くにいるその主に連絡を取り、陛下と話させているのでしょう。しかし、その相手が何者かというと――」

困惑した顔でマルコは唇をかんだ。カメロンはじっと考え込んだ。

「イシュトヴァーンはその相手にそんなに気を許しているのか」

「断片的な会話を耳にしたばかりですが、おそらくは。魔道師であるカル・ハンに対しては相変わらず敵意を含んだ態度を崩さずにおられますが、そのカル・ハンを送り込んできた相手に対しては、全幅の信頼をおいていると言っても過言ではないと推測します。あれほど嬉しげな――無邪気とさえいえるような陛下のお声を、俺はもう長いこと聞いていません」

カメロンは愕然とした。

その中に、わずかな嫉妬が混じっていたことは否定しない。かつて、パロのクリスタル公アルド・ナリスにイシュトヴァーンが心酔し、仕えていたことも知ってはいるが、そのナリスは、パロの内乱によって叛逆者として死んだ。それも、イシュトヴァーンが殺したも同然の形で。

彼以外にイシュトヴァーンが無条件に信頼する人間といえば、カメロンには、自分自身しか思いつけなかった。思い上がりでもなんでもない。少年時代から父親のように接し、その成長を楽しみに見守ってきた。

モンゴールの左府将軍となった彼のもとにすべてを投げ出して駆けつけたときから、イシュトヴァーンは少年時代の愛着と、荒っぽい仲間意識と絶対の理解者としての甘えを全面に表して頼ってくれていた。

そのイシュトヴァーンが、いったい、自分以外に信頼し、あやしげな魔道をあやつるキタイの魔道師さえ受け入れさせているとは、いったいその相手とは何者なのだ。

「イシュトに——陛下に会わねばならん」

旅にくたびれたマントを払って、カメロンは立ち上がった。

注がれたまま手もつけられていなかったきつい火酒を一気に飲み干す。久しぶりの強い酒精に、喉から腹が炎を飲んだように灼けた。

「とにかくイシュトに会って、どういうことなのか直接話を聞く。あいつはクリスタル宮にいるんだな？」

「はい。俺たちは近づけてもらえませんが」

マルコは悔しげに眉根を寄せた。彼もまた長い間イシュトヴァーンの近侍を務めた自負もあり、今の状況ははなはだおもしろくないらしい。

「クリスタルの中心の水晶宮に座を占めて、例の魔道師以外、ほとんどの人間を遠ざけているようです。味方のゴーラ兵すら、周囲の警備をさせている程度です。多少の侍童や下働きの女たちは残しているようですが、彼らも戦々恐々としています。いつ例のトカゲの化け物……竜頭兵が現れて丸飲みにされるか、恐ろしさに抵抗する気力も起きないようです」

「女王のほかに捕虜にされているパロの人間はどうなのだ。宰相のヴァレリウス卿もまた、相当の力を持つ上級魔道師なのだろう」

「彼もまた行方しれずです」

マルコは疲れたように首を振った。

「探れるだけ探ってみましたが、ヴァレリウス宰相に加え、リンダ女王の従兄弟にあたるアル・ディーン王子も、姿が見えないようです。パロに駐屯していたケイロニア騎士団一個小隊が竜頭兵の包囲を突破し、都を去っていったとの噂もありますから、ひょっとしたら、その中にまぎれていたかもしれません」

カメロンはしばし考え込んだ。

もし、宰相のヴァレリウスと、正当なパロの王位継承者であるアル・ディーン王子がケイロニア騎士団に守られて無事都を脱出していたとしたら、事態はさらにやっかいになるかもしれない。

疫病や災厄に痛めつけられているとはいえ、ケイロニアはまだまだ中原に大きな勢力を占める強大な帝国であり、しかも、ケイロニア王であるグインは、リンダ女王に対して昔から友好的である。国力の弱ったパロに騎士団を貸し与えたのもそのあかしだ。

逃げ出したヴァレリウスとアル・ディーン王子がゴーラの暴挙をケイロニアに訴え、保護と王国の奪回を求めたとしたら——ゴーラはパロの残党に加え、ケイロニアの強大な軍隊、しかも、あの常人をはるかに越えた超戦士グインを先頭にいただいた軍勢に、相対しなければならなくなるかもしれないのだ。

カメロンの額に脂汗がにじんだ。

「とにかく、陛下に会ってくる。マルコ、お前はほかのドライドン騎士の仲間に俺が来たことを知らせて、命令があったらすぐに動けるように準備するよう伝えてくれ。どれだけの人間が残っている？」

「十五名です。おやじさんが選んだ数から、少しも欠けていませんよ」

マルコはぱっと顔を輝かせ、また複雑な表情になって、

「それもこれも、この奇妙な騒動の前後から俺たちはひとまとめに、国境近くに置いてこられたゴーラ兵残り一千騎を呼びにやられたのでクリスタルを離れていて、だれも戦闘に加わらなかったせいなんですが。おそらく、何が起こるのかを俺たちに見せたくなかったし、俺たちがそれを止めようとするのを警戒したんでしょう。戻ってきたときにはすべてが終わってました。竜頭兵ですか、あのトカゲの化け物がまだ市中をうじゃうじゃしていて、血塗れの死骸を引きずっていました。俺はすぐにイシュトヴァーン陛下のもとに駆けつけようとしたんですが、あのカル・ハンの野郎に止められまして、それからずっと、お目通りがかないません」

「イシュトヴァーンは今、どこに？」

「水晶宮の女王の間を自分の居室にきめて、そこで日がな一日過ごしているようです。食物は侍従が運ぶこともあれば、俺が運ぶこともあります。こういっちゃなんですが、不気味なくらいご機嫌がよろしいようです。パロの女王を妃にして、中原をぜんぶ自分

のものにするんだって、そのことばかりお話しになってますが」

「その自信がどこから来たのかぜひ聞きたいものだ」

ため息とともにカメロンは言って、顔を引き締めた。

「そもそも、こんなことをしでかす後押しをした輩がだれなのかもな。案内してくれ、マルコ。部屋の前まででいい。そのあとお前はほかのドライドン騎士のところへ行って、俺が来たことを知らせてやってくれ。みんな喜ぶだろう。もしかしたら、お前たちの力を借りることになるかもしれんしな。とにかく、イシュトヴァーンを煽っている奴が何者であれ、このまま放っておくわけにはいかん」

「承知しました、おやじさん。こっちです」

命令されれば、マルコは敏速だった。はずしていた剣をさっと腰に帯びると、ふたたび砂埃にまみれた外套を身に巻きつけたカメロンの先に立って、回廊に出た。

広大なクリスタル宮の中でもその光り輝く心臓であり、王族の起居するすまいである水晶宮は、城壁外の街の惨状などまるで知らぬかのように、宝石の輝きをまばゆく空にきらめかしていた。

いくつもある宮殿や尖塔を擁する神殿を、黙ったまま二人は通り過ぎていった。平時であれば見咎めるであろうパロの貴顕淑女は影もなく、無骨な二人の男の長靴と武器の鳴る音が延々と続いた。

白く磨かれた床石にも続く柱廊にも血のあと一つなく、爪でこすったほどの傷もない。繊細華麗なパロ様式で造園された庭園には大理石の水盤に彫像のイリスが手にした月の形の水瓶から水を注いで、しぶきに小さな七色の虹をかけている。

そよとの風すら吹かず、小鳥の声すらしない。人の影なく、宮廷全体が時を止められたように静まりかえっている以外は、パロ王宮にはなんの被害もうけていないように思えた。

「俺が外で目にした様子とはまるで違うな。王城内には竜頭兵は出現しなかったのか」

「さあ、それは」

マルコは首をひねった。

「俺たちは見ていませんからなんともいえません。でも、あれっきりパロの宮廷人がみんな、最低限の下働きだけ残して消えてしまったのは確かです」

「それもカル・ハンとやらの魔道か」

「わかりません。その魔道師も、俺は陛下が連れてこられたときにちらっと見ただけで、それ以来一度も顔も見ていないし声すら聞いていないんです。でも、女王陛下をとりこにしたとして、そのあと宮廷人をどうするかまでは陛下は考えていらっしゃらないと思いますから、パロの貴族たちがどうなったかは、たぶん、あの魔道師しか知らないんじゃないかと」

「どんな魔道を使っているのか知らんが」

カメロンは眉間にしわを寄せて前を見た。

「とにかく、イシュトヴァーンをその魔道師から引き離さねばな。いずれ、パロに対するゴーラの暴虐がケイロニアの耳にも入るだろう。ケイロニアもまた国難の渦中にあるが、あのグイン王が、恩愛ふかいパロに加えられた暴力を放っておくわけがない。とにかくいったんイシュトヴァーンをゴーラにつれもどし、それから手を考えねば」

「同感です、おやじさん」

マルコは切りそろえた髪をゆらせて頷き、銀と月長石とで飾られた石の扉の前で足を止めた。

「ここから先が女王の私的な空間です。女王の居間と女官の控えの間、衣装部屋、寝室なんかがあります。俺たちも、ここから先へ入ることは、呼ばれたときでないかぎり許されていません。陛下をお呼びしますか」

「いや、いい。いきなり行って顔を見せた方がイシュトヴァーンには効くだろう」

カメロンは進み出て扉に手を触れた。磨き抜かれた石は手の下で冷たく硬く、鏡のようになめらかだった。

「お前は手はず通りドライドン騎士を集めて、またここに来てくれ。いざとなったら魔道師を始末し、王を気絶させてでもいったんパロを離れねば」

「わかりました。お気をつけて、おやじさん」

「ああ、お前もな、マルコ」

しわの寄った片頬に、カメロンはにやりと笑みを浮かべてみせた。船長時代にしばしば、荒れる海や見えない島影に動揺する船員たちの心を静めてきた微笑だった。

マルコもまた少し緊張をとき、「アイ・アイ」と船員風に返事をすると、さっと剣をかかげて礼をし、向きを変えて急ぎ足に廊下を駆け戻っていった。

一人になると、カメロンは銀と月長石の扉を注意深く調べた。

上質の雪花石膏と大理石を組み合わせ、銀に小粒の真珠と水晶、長石、真珠母、そのほかカメロンが見たこともなく名前も知らない珍しい輝きの宝石がちりばめられて、パロ王家の紋章を形作っている。衰えたりとはいえ、まさにパロ芸術の至宝のひとつというべきものだ。長年眠っていたカメロンの冒険商人としての魂がひそかに疼いたくらいだった。

しかし、今は財宝に気を取られている場合ではない。カメロンは意を決して、軽く扉に手を当てて押してみた。

扉は音もなく内側に少し開き、驚いたカメロンは一歩後ずさった。てっきりしっかり鍵がかけられているだろうと思っていたのだ。

銀と白の扉のあいだに開いた一筋の暗黒にじっと見入る。不吉な予感が頭の後ろでぶんぶん唸っていた。何者かに呼ばれているような気がした。イシュトヴァーンを煽っているという魔道師か、それとも、さらにその裏で糸を引いているという、誰ともわからぬ人物か。

（えい、どうともなれ）

立ち止まって考えていてもどうにもならない。

カメロンは腕に力を込め、両開きの扉を開け放った。石と宝石の大扉はきしみ一つたてずになめらかに動き、カメロンの前に口をあけた。

招いているかのようなその隙間の前にしばし足を止めて騒ぐ胸を落ち着け、カメロンはやがて意を決して、大股にパロ王宮の最奥に踏み込んでいった。

3

「イシュトヴァーン！」

声をかけられたとき、イシュトヴァーンは大きく開いた出窓のそばの長椅子に体を投げ出して、葡萄酒の杯を傾けているところだった。

怒声に近いカメロンの大声に手元が狂い、黄金造りの杯が揺れて裸の胸に赤い酒が血のように跳ねかかった。

「カメロン！　カメロンじゃあねえか！」

イシュトヴァーンは杯を放り出すと、葡萄酒が高価な敷物に染みを作るのもかまわずに寝椅子を飛び降りて、カメロンのもとへ走り寄ってきた。

そのあまりにも明るい、悪びれない顔に、続けようとした叱声がカメロンの喉で固まりになって止まった。

イシュトヴァーンのそれほど明るい、曇りなく輝く顔を、あまりにも長い間見ていなかったことに気づいて衝撃を受けたのだった。モンゴールに地位を得て、やがてゴーラ王に上り詰めてから、イシュトヴァーンの屈託のない笑顔は、いつのまにか彼に見られなくなっていた。

ことに、ドリアンの誕生とアムネリスの自死以来、イシュトヴァーンの笑いにはどこかやけになったような、露悪的な色がこびりつき、ヴァラキア時代の少年のようなかげりのない笑いをカメロンに向けることは、ほとんどなくなっていたのだ。

「なんだよ、こっちへ来るんだったら一言先に使いでもよこしてくれりゃあよかったのに。まあ座れよ、ずいぶん汚れてんじゃねえか。その小汚ねえマントなんざ脱いじまって、そっちの衣装棚にかけてあるやつからいくらでも取んなよ。女もんしかなかったけど、男もんのも集めさしたんだ。パロのひょろひょろ貴族の服じゃあんたにゃ合わねえかもしれねえけど、さすがに仕立て屋呼ぶほどまだ余裕はないんでな、我慢してくれよ。そうだ、葡萄酒飲むか？　火酒ほど効かねえが、まあまあいける味だぜ」

イシュトヴァーンはとまどっているカメロンを乱暴にぎゅっと抱きしめると、壁の一面を占めている扉や簞笥を次々と開けはなって中身をつかみ出し、手当たりしだいに放り投げた。色彩豊かな胴着の数々、長靴下用の短袴、毛皮の縁取りつきの外套、つややかな革に貴金属の飾りをきらめかせた何足もの靴といった、宮廷貴族の身につけるものが溢れるように次から次へと取り出され、床に散乱する。

「おい、イシュトヴァーン」

「なにしろ人手が少ないんでな。手の回らないこともいっぱいあるが、まあ、最初のうちは仕方ねえ。そのうちここも俺自身の廷臣でいっぱいにならあな。あんなゴーラなんて田舎くさい国とは大違いだぜ。中原の花、古代王国パロの王様に、俺はなるんだからな。いや、パロだけじゃねえ、草原地方に沿海州、俺たちのヴァラキアに錦を飾るんだ、カメロン。グインのケイロニアなんて目じゃねえぜ。俺は中原を支配する大帝国の王様になるんだ、え、どうだいカメロン、豪儀な話だろうがよ」

「イシュトヴァーン！」

声を高めて、カメロンは怒鳴った。

うきうきと華美な衣服を投げ散らしていたイシュトヴァーンは、びくっと手を止めてカメロンを見上げた。

「な、なんだよ、カメロン。そんな怖い顔して、俺が何かしたってのかよ」

「何かだと？　何かだと？　訊かなきゃわからんのか、大馬鹿者が！」

カメロンはイシュトヴァーンの襟首をつかむと、じたばたするのもかまわずもといた寝椅子の上へ放り投げた。

不意を打たれたイシュトヴァーンは子供のように宙を飛んだ。勢いよくぶつかった拍子にまだ瓶に残っていた葡萄酒がこぼれ、さらに床に染みを広げた。

イシュトヴァーンがはまりこんだ毛皮の深みからもがいて起きあがるのといっしょに、

カメロンはその対面に位置する肘掛け椅子に、どっしりと座り込んだ。

「痛えじゃねえか、カメロン、なにすんだよ」

ぶつぶつ言いながらイシュトヴァーンは頭をこすった。

「せっかくいい酒だったのに、みんなこぼれちまったじゃねえか」

「黙れ」

もったいなさそうに膝にかかったしぶきを払うイシュトヴァーンに、荒々しくカメロンは言った。

今のイシュトヴァーンは、両親の衣装部屋に潜り込んで、片っ端から衣装を身につけている子供のようだった。胸の開いた青色の絹の襯衣《シャツ》に翡《ひ》翠《すい》色のタイツ、金糸織りの透けるようなひらひらした腰帯。

大きな水晶のついた踵の高い靴は左右がそろっていなくて、一方の靴ともう一方の靴の色が違っている。巨大な鳥の尾羽が天井に届くほど高く飾りつけられた婦人用の飾りを帽子代わりになめにひっかけ、垂れ下がった薄紗《ヴェール》が、葡萄酒の跳ねで汚い水玉模様になっている。裸の胸に幾重にも垂れ下がった琥珀と黄金、真珠と金剛石の連なる首飾りを、カメロンは嫌悪の目で見つめた。

視線に気づいたらしく、イシュトヴァーンはいささか具合が悪そうに襟元をかきあわせて、「おい、なあ、そんな顔すんなよ」とぼそぼそ言った。

「まあ、ちょいとばかし浮かれたかっこしてるのはわかってるけどさ、いいじゃねえか、たまには思いきり派手に遊んでみるってのも。ヴァラキアの娼婦ならこんなくらい、趣味のいい部類にはいるぜ？　俺がこういう格好をしたら、みんなちやほや喜んだもんだ。ガキの頃の話だけどな」

「だが、お前はもうヴァラキアの娼館のガキじゃない。よく聞け、イシュトヴァーン」

卓に手をついて、カメロンはぐっと身を乗り出した。

「いったいどういうことだ？　マルコから連絡をもらって、俺は耳を疑ったぞ。パロへ行くとは聞いたが、王城へ侵入してリンダ女王を盗み出すなどとは一言も聞いていない。ましてや、わけのわからぬ魔道師などと組んで、人ならぬ怪物を使ってクリスタルの住民を虐殺するなどと」

「ち、マルコの野郎」

そっぽを向いて眉をひそめながら、イシュトヴァーンは舌打ちした。

「やっぱり、ちくってやがったか。まあ、あんたが飛び込んできたとき、そんなことじゃないかと思ったけどよ」

「これはもはやお前とリンダ女王のみの問題ではなくなる」

無視してカメロンは続けた。

「お前はパロを侵略したんだ、わかるか？　ゴーラがパロを魔道師の異常な術を使って蹂躙した、世間はそう見る、それが真実だからな。噂は中原に広がり、いずれケイロニアのグインの耳にも届くだろう。お前は、イシュトヴァーン、あのグイン王を敵に回すつもりなのか？」

「うるせえなあ、ゴーラだ、パロだ、ケイロニアだグインだって」

寝椅子の上に転がって猫のように延びをし、イシュトヴァーンは欠伸をした。

リンダの私室であったそこは、部屋中に投げ散らかされた食べかすや衣服、持ち出された調度や宝石、儀礼的な飾りの施された剣や短剣、数え切れないほどの葡萄酒の瓶で、足の踏み場もなくなっていた。まるで下等な売笑窟の一室だ。

開いたままの窓からは前庭が覗けたが、こちらの荒れようも酷い。世話をされていない花は枯れ落ちて灰色にしぼんだ姿をさらし、まばらに伸びかけた芝生には、放り出された酒の空き瓶や焼き肉の骨がごろごろと転がって、山賊のすみかのようなありさまだった。

「俺はただ、リンダを手に入れにきた、そして手に入れた、それだけのことさ。カル・ハンの奴に、邪魔をしやがるやつらはお前に任せるってそう言ったら、なんかいろいろ出してきやがってたみてえだけど、そんなの俺が知ったこっちゃねえよ。俺がやれって言ったわけじゃなし。そりゃまあ、都の奴らがずいぶん死んだってのは気の毒だけどよ、どうせ俺とリンダが結婚すりゃあ、ここだってゴーラの一部になるんだから——あ、いや、違うか。俺がパロの王になんのかな。リンダは女王のままがいいって言うかもしれねえし」

言葉を失っているカメロンの前でイシュトヴァーンはごろりと転がり、床からチーズのかたまりをひとつ取り上げて大きくかじった。周囲にはほかにも、手のつけられていない食料品にまじって、食べ散らかした果物の皮や種、葡萄酒の空き瓶、塩豚の塊、かじり残した肉のついた骨や魚の食べかすが散乱している。

チーズを食べ、葡萄酒を大きくひと飲みして、イシュトヴァーンは上機嫌でげっぷをした。

「そうだな、リンダはパロが好きみてえだし、ここは俺が譲って、俺とリンダでパロの王と女王になるのがいいかもしれねえな。アムネリスの奴の亡霊がしみついた、田舎くせえゴーラなんざうんざりだ。俺にはもっと大きくてきれいで、立派な都が必要なんだ。今は人もいねえし、ちょいと見苦しくなっちゃいるが、一つ二つ命令でも出しゃ、すぐまた元通りになるさ。なんせ〈光の公女〉が俺に約束してくれた王座なんだ、そんくらい、どうとでもなるだろ」

「女王は――リンダ女王は、ご無事なのか」

言うべき言葉を見つけられず、うめくようにカメロンは問うた。

「ああ、リンダなら」

かじりかけのチーズの塊をいいかげんに振って、イシュトヴァーンは奥のほうを指し示した。

「そっちの寝台で寝てるぜ。っと、まだ手は出してないから安心しな。俺だって、好きな女に対する礼儀くらいは知ってるんだ。いろんなことがあって疲れてるだろうし、ちゃんと婚礼をあげてからじゃないと、リンダだって納得しねえだろうしな。なんせ女王様だ、儀式とか、そういうことはちゃんとしてやらねえとだめだろ」

カメロンは大股に立っていって、大きく扉の開け放たれた次の間をのぞき込んだ。

薄い紗幕で何重にも覆い隠され、外から遮られていたが、そこは確かに女王の寝室で、豪奢な飾りを施された巨大な寝台の上に、紙のような顔色のリンダが、長い銀髪を散らして青い瞼《まぶた》を閉じていた。

しばしためらった末、「失礼いたします」と呟いて、そっと爪先だって歩み入った。寝台に近づいて耳をすます。かすかな呼吸音が聞こえ、薄い掛け物の下で、ゆるやかに胸が上下を繰り返しているのも確認できた。かすかに開いた唇は色あせ、細い眉の間にはかすかにしわが寄っていたが、肉体的な傷はどこも受けていないようだった。

「だから言ったろ、手は出してないって」

外から少々いらついたイシュトヴァーンの声がした。

「ちゃんと女官だってつけてやってんだぜ。主人が寝てるあいだは用がねえから、いっしょに寝てるけどな。リンダがお気に入りのあの猿娘だってそばにつけてやってんだ、文句言われる筋合いはねえぜ」

宝石箱の中のように華麗な錦繍《きんしゅう》に覆われた部屋の片隅に、数人の女官たちが折り重なるように倒れていた。そちらへも行って確認したが、どうやら、リンダと同じく人事不省の状態におかれているらしい。

眠るリンダの足もとにくるりと丸くなって、小柄なセム族の娘がじっとしている。これもほかの者と同じく眠らされているらしいが、ノスフェラスに生きるセムの血が抵抗するのか、苦しげに瞼をひくつかせ、指を動かして必死に寝具を掻いては、小さく何事か呟いている。

「姫さま」

セム族の小さな娘はそう繰り返していた。

「姫さま、ああ姫さま、姫さま……」

しばらくそのすすり泣くような声に耳を傾けていてから、カメロンは体の中の息をすべて吐き出すような深いため息をついて、女王の寝室を滑り出た。

イシュトヴァーンはチーズを食べ終えて指をしゃぶり、杯が面倒になったのか、葡萄酒を瓶ごと喇叭《らっぱ》飲みしている。

「な？　俺だって、好きな女にゃちゃんと気を使うんだ。リンダが納得して、落ち着いてさえくれりゃ、なんもかもうまくいくのさ」

カメロンはなにも言わず、黙って立ち尽くしている。

長い間が空いて、イシュトヴァーンはいささかじれたように語気を強めた。

「あのなあ、俺はちゃんと正当にリンダを譲り受けたし、結婚したって誰からも咎《とが》められる筋合いなんてねえ。好き合ってる男と女が結婚してなにがいけねえんだ？　そいつが王と女王だなんて、大した問題じゃねえだろう。ましてやリンダは俺の〈光の公女〉なんだ、俺のもんに今までならなかったのが不思議なくらいさ。それによ、王とか女王ってもんは、なんだって好きにできて、なんだって好きに決められるんだろ？　なら俺がリンダと結婚すると決めて、リンダがそれにうんと言やあ、文句のつけられるやつなんざいるはずがねえじゃねえか。アムネリスんときはまだ俺は王じゃなかったし、いろいろつまんねえしがらみもあったけどよ……」

（ああ、あの時に俺は止めておくべきだったのか）

カメロンは眼前に広がる暗黒の中でただ思った。

（アムネリス、哀れな娘。不幸なモンゴール公女。俺はいったい、どこで道を間違えてしまったのだろう）

（俺はいったい、どこでお前を導く道を間違えてしまったのだろう、イシュトヴァーン――）

「……けど俺はもう王なんだし、リンダと結婚すりゃあパロの王にもなるんだから、もう誰にも文句はいわさねえぜ。そうさ、あの、偉ぶったグインの野郎がなんか言ってきたって関係ねえ。俺にゃあ絶対の後ろ盾がついてるんだ。カル・ハンのことじゃねえぜ、あんなのは、ただの使いっぱしりだ。俺をちゃんとわかってくれて、リンダのこともわかってくれて、俺を中原全体の王にしてくれる、そういうちゃんとしたお方がいるんだ……おっと、と」

思わず一歩踏み出したカメロンに、イシュトヴァーンはおどけたように口を押さえて目を回してみせた。

「いけねえ、いけねえ。まだそのことは誰にも言っちゃならねえんだった。今のは聞かなかったことにしてくれよな、カメロンおやじ。まだあんまり人の口にのぼるわけにはいかねえんだよ、このことはな。いずれ中原中が知ることになるだろうし、そんときゃあ俺も、偉大なるパロ王としてリンダと玉座に並んでることになるんだろうが、船を出すにゃあ、潮の満ち引きをちゃんと見極めなきゃあならねえもんな」

「イシュトヴァーン……」

「なあ、あんたならわかってくれるだろ、カメロンおやじ」

からになった葡萄酒の瓶を置き、イシュトヴァーンは寝椅子のふちに手をついて身を乗り出した。浅黒い、若い狼めいた顔に、どこか哀願めいた色があった。

「やっとものごとが俺の思い通りに進み出したんだよ。あんたが今までやってきてくれたことには感謝してる。でも、俺だっていつまでもガキじゃねえ。男らしくちゃんと自分の女を手に入れて、俺の運命を俺の手で開いていかなきゃなんねえんだ。俺は〈光の公女〉を手に入れて王になる、もうその日がそこまで来てるのに、なんだかんだ文句はもう聞きたかねえんだよ。俺は王になってこの中原を支配する、俺はリンダと、俺の〈光の公女〉と世界の頂点に立つ、そうして、今まで俺を見下してきた奴らを、全員、足の下にしてうんとあざ笑ってやるんだ」

カメロンは黙って卓に歩み寄った。

イシュトヴァーンが置いた瓶を取り上げ、空なのに気づくと、小さくため息をついておろした。ひどくくたびれ果てたような吐息だった。

イシュトヴァーンは心配そうに眉をひそめた。

「どうしたんだよ、カメロン？　あんた、ずいぶん疲れて見えるぜ。ここへ来るのにずいぶん無理したんじゃねえか？　見たとこ、ろくに眠ってもなきゃ、食ってもねえんだろう。待ってな、今、新しい酒と食い物を何か、持ってこさせてやるから——」

「イシュトヴァーン」

言ったカメロンの声はひどく静かだった。それでも、そこに込められた何らかの重い響きに、イシュトヴァーンは呼び鈴にのばしかけた手をびくりと止めた。

「な、なんだよ」

「イシュトヴァーン。もうやめよう。こんなことは」

「は？」

　イシュトヴァーンは手を宙に浮かせたまま、あっけにとられて目をしばたたいた。

「何言ってんだ、カメロン？　何をやめるって？　この服装か？　なんか気に入らないことでもあんのか？」

「前にお前は、俺に言ったことがあるな。王座なんて放り出して、また冒険の旅に出ないかって」

　穏やかなカメロンの声は、どこか祈りのようでもあった。

「堅苦しい王なんて身分も、窮屈な宮廷もみんな放り出して、また裸一貫に戻って、船に乗って世界中を冒険して回ろうと——ああ、いいよ、そうしよう。俺はどこまでもお前についていくよ、イシュトヴァーン。たとえ世界中がお前の敵に回ろうと、俺は永遠にお前の味方だ、イシュト、だが、もうこんなことはやめるんだ」

「はあ？　どうしたんだよ、カメロン、いったい」

「王なんてものは、結局お前には向いてなかったんだよ、イシュト」

　悲哀をこめてカメロンは言った。

「こんなことはお前を、ますますのっぴきならない立場に追い込むだけだ。動けなくなる前に逃げ出すんだ、誰より勘の良かったお前が、船の底に空いた穴からもれる水音に気づかないのか？　イシュトヴァーン、今すぐここを出よう。そして俺といっしょに、ヴァラキアへ帰るんだ」

「おいおい、カメロン、なんてこと言い出しやがるんだよ。まさか一口も飲んでねえのに酔っぱらったのか？」

「俺は本気だよ、イシュト」

イシュトヴァーンはひきつった笑いを浮かべて新しい酒瓶をとろうとしたが、カメロンがさっと取り上げた。

「ゴーラの宰相——ああ、俺も、長いこと潮風の香りを嗅いでない。オルニウス号は波止場で、ずっと俺の帰りを待ってるだろう。ヴァラキアのかもめ通りも、娼館街の女たちも、賭博宿の連中も、みんなチチアの王子を両手をあげて迎えてくれるさ。帰ろう、イシュトヴァーン、俺たちの故郷へ。俺もお前も、遠くまでさまよって来すぎちまった。俺たちに似合ってるのは船の上を走る裸足の足と濡れた帆綱と光るナイフだ。絹や陰謀や結婚なんて、しょせん柄じゃなかったのさ」

「カメロン、あんた——」

「お前がモンゴールの将軍になったとき、すぐにヴァラキアへ連れて帰るべきだった」

独り言のようにカメロンは呟いた。唖然とした顔のイシュトヴァーンに手をさしのべる。

「少なくとも、アムネリスと結婚なんてさせるべきじゃなかった。あの結婚は結局、誰ひとり幸せにしなかった。なあ、〈光の公女〉なんて忘れるんだ、イシュト。占い女の世迷い言になんぞいつまでも惑わされるな。目を覚ませ、イシュトヴァーン、お前の生きる場所はここじゃない。海だ。船だ。俺とオルニウス号で冒険して回る、世界中の海なんだよ」

「馬鹿言ってんじゃねえよ」

青ざめた顔でイシュトヴァーンはカメロンの手を払いのけた。

「やっとすべてがうまく行き始めたんだぜ。なのに、なんでそんなこと言うんだよ、カメロン。俺はリンダを、〈光の公女〉を手に入れて王になる、なんでも思いのままにできるんだ、中原を支配して、なにもかも支配して、みんなが俺の言うことをなんでも聞く、世界の王に」

先を続けようとしたイシュトヴァーンは、がちっと歯を鳴らして、さっと身を低くした。

一瞬前まで彼の頭のあったところを、カメロンの手にした重い酒瓶が音を立ててなぎ払っていった。

表情を変えないまま、振り抜いた酒瓶をそのままにして、悲しげな目で自分を見つめているカメロンを、イシュトヴァーンは凍りついたように仰ぎ見た。

「やはり不意打ちはできないか」

かわされた酒瓶をそっと置いて、カメロンはゆっくりと腰の剣を引き抜いた。

きらりと光る白刃を、イシュトヴァーンは信じられぬ目で見た。

「うそだろ、おい、カメロン……？　あんたが俺に剣を向けるのか？　あんたが、俺を
――」

「馬鹿な。俺がお前を傷つけるわけがない」

カメロンはゆっくりと剣をあげた。

「ただ少し、おとなしくしていてもらうだけだ。事態の収拾をつけるまでな」

「どういう意味だよ！」

悲鳴のように叫んで、イシュトヴァーンは寝椅子を転げ落ちた。

一瞬遅れて、カメロンの剣の一撃がきゃしゃな造りの寝椅子の背を粉々にした。

そのまま流れるように腕を跳ね上げてイシュトヴァーンの首筋を剣の平で一撃する。

危ういところで首を縮めたイシュトヴァーンは床に転がり、床に散らばっていた様々なものの中から、宝石飾りのついた優雅な長剣を拾って鞘を払った。装飾的な外見に反して、刃は鋭く、パロの品の名に違わず名工の手になる刀身は白い炎のようだった。

「なんでだよ、カメロン！」

いささか舌のもつれたイシュトヴァーンは混乱しきっていた。

「ヴァラキアへ帰ろうって、あんた、頭でもおかしくなったのか？　俺は王になったんだ、なのに、なんで今さらあのオリー・トレヴァーンの助平じじいのいやがるあんなとこへ帰るってんだ。俺はリンダを手に入れて、本当の俺の王冠をかぶるんだ、ゴーラなんて俺の手にすべき王国じゃなかった、今までうまくいかなかったのは偽物のあのアムネリスの女郎にだまされたからなんだ、だから、今度こそきっと」

「お前は世界でいちばんお前に合わない地位についてしまったんだよ、イシュトヴァーン」

猫のように爪先だって慎重に周囲を回りながら、カメロンの声は沈痛だった。

「お前に〈光の公女〉なんていうたわごとを吹き込んだ占い女を、俺はこの先一生呪うことだろうよ。とにかく、ほんの少しの間おとなしくしていてくれ、頼む、イシュトヴァーン。けっして悪いようにはしない、俺の命に代えても必ずお前だけは守ってやる、だから、今だけは言うことを聞いてくれ、イシュト、頼むよ」

「黙れ！」

イシュトヴァーンの手の中で剣がはげしく震えた。

「俺に王が合わないなんてどういう意味だ？　生まれたとき俺は予言されたんだぜ、〈光の公女〉に出会って王の座につくって。それなのに俺が王に合ってないわけねえじゃねえか、なんでそんなこと言うんだよ」

カメロンはものも言わずに襲いかかり、イシュトヴァーンの脾腹《ひばら》をねらって剣の柄を突き出した。

鰻《うなぎ》のように身をくねらせて逃れたイシュトヴァーンは、混乱のまま手にした剣をさっと横にないだ。

カメロンのマントが切り裂かれ、その下の服もうっすらと裂けた。肌にうすい線がひかれ、じわりと赤いものがにじみ出てきた。カメロンはさっと跳びすさり、ふたたび距離をとって隙をねらった。

「この惨状を見てもまだわからないのか、イシュト」

カメロンの目は沈痛な色に満ちていた。

「お前は他国をだまし討ちによって侵略し、女王を監禁し、宮殿を略奪した。あやしげな魔道師の言うがままになり、人間ですらない怪物を手勢に使って、罪もない民のほとんどを虐殺したんだ。これが一国の王として正しい所行だと呼べるのか？　どうなんだ、イシュト」

「俺は王だ！」

自棄になったようにイシュトヴァーンは叫んで、しゃにむに突っ込んできた。

カメロンは右に左に体をかわして避けながら、傷つけることなく一撃で意識を失わせる隙をねらっていた。すっかり逆上したイシュトヴァーンはかんしゃくをおこした子供のように剣を振り回し、カメロンの体には、小さなかき傷や切り傷が徐々に増えていった。

「俺は王だ。王なんだ」

駄々をこねるようにイシュトヴァーンは足を踏み鳴らしてわめき立てた。

「王ってのはどんなことでも、なんでも好きにやっていいんだ。あの人だってそう言ってくれた。だから俺はもう我慢なんてしない。好きにやれないなら、そんなのは俺のなりたい王じゃない。リンダを手に入れて、本物の玉座を手に入れて、俺は本当の王になるんだ。占い婆が約束した、〈光の公女〉に導かれる真の王に」

「目を覚ませ、イシュトヴァーン」

剣風をかいくぐって、カメロンは厳しく叱《しっ》した。

「お前が言ってるのはただの子供の夢だ、わがままなガキの言い分だ、ヴァラキアの裸足の王子が見た幻だ。夢幻《ゆめまぼろし》でとどまっているうちはまだよかった、だが、お前は今や、中原にまたもや戦乱を広げる火種になろうとしている。中原の民のみならず、お前自身が不幸になろうとしているのに、俺はとうていそれを見過ごすことはできない」

シュッと切っ先がうなり、イシュトヴァーンは歯をむき出して唸った。カメロンは油断なく剣をひきつけて構えた。

「……とにかくパロを引き上げてゴーラに戻り、退位の触れを出すんだ。理由は何でもいい、ひとまずドリアン王子に摂政をつけて王位を譲る形でかまわん。こうなっては、お前が王位についていること自体が各国を刺激することになる。パロへの賠償や和平交渉は俺が一命に換えてもなんとかする、だから、お前は先にヴァラキアへ帰れ、イシュト。お前が生きるべき場所は、本当はあそこ、波の上の自由と冒険の世界だったんだ」

「——なるほどな。読めたぜ、カメロン」

イシュトヴァーンの瞳が昏い輝きを帯びはじめた。

「あんたはさんざん違うって言ってたが——やっぱり、俺のカンは当たってたんだな。あのドリアンってクソガキは俺の種なんかじゃねえ、あんたのだ、カメロン。あんたがあのくそ女にはらませやがったのが、あのむかつく赤ん坊なんだ。ガキを見るのもいやだったわけがやっとわかったぜ、カメロン、あんたともあろう人が、俺を追い落として、てめえの種のガキをゴーラの王に据えようとしてたとはな」

「なんということを」

カメロンは愕然として動きを止めた。

その疑惑はかつて、イシュトヴァーンと彼との間に持ち上がったものではあった。ドリアン王子がアムネリスとカメロンとの密通の末にできた子ではないかという疑惑。

それは単にイシュトヴァーンの妄想にすぎず、とうに忘れているものとカメロン自身思っていたのだが、追いつめられたこの局面になって、追いやられていた疑いが、息を吹き返して戻ってきたらしい。

「誓って俺にそんな気はない、イシュト。以前にも言ったろう。ドリアンは間違いなくお前とアムネリスの子だ。俺とアムネリスの間には妃と宰相以外のなんのかかわりもない。俺は、お前がフロリーとあの娘の子供を見ればきっとドリアンのこともかわいく思えてくると信じて、あの二人を捜しにやったんだ。すべてきれいに片づけば、フロリー母子に加えてドリアンもヴァラキアに迎えて、ただの船乗りの家族として楽しく……」

「聞きたくねえ！」

荒々しく頭を振って、イシュトヴァーンは赤い光を宿した目でカメロンを睨みすえた。

「そうだったよな、宮廷なんてそんなところだ。めんどくせえ礼儀作法やらしちめんどくせえ宴会やらの下に、陰謀だの密談だの暗殺だのが渦を巻いてるところだったよ。思い出させてくれてありがとうよ、カメロン、だがあんたまでそんな宮廷の風に染まってるとは思ってもみなかったぜ。だが、そううまくはいかねえぜ、なあカメロン、俺は王だ、世界の王になる男なんだ、あんたがいくら姑息な手段で追い落とそうとしたって、運命ってやつにはこれっぽっちも効きやしねえのさ。なんたって俺には、あの人がついてるんだからな」

「あの人とは誰だ。お前をこんな羽目に陥れて、笑っているそいつはいったい何者なんだ、イシュト、頼むから正気に返ってくれ」

「俺は正気だ！」

剣を横なぎにないで、イシュトヴァーンは怒鳴った。

「俺は今までずっとだまされてきた、ヤンダル・ゾッグに、ヨナに、アムネリスに、リンダに、それからグイン、あの野郎にも。あんたにまでだまされてるとは思ってもみなかったがな、カメロン。だがもう俺はだまされねえ、今度こそ俺の本当の運命をつかんでみせる、その邪魔は誰にもさせねえぜ、薄ぎたねえ間男風情のあんたにはな！」

もはや何を言おうと無駄なことをカメロンは悟った。

無言で剣を取り直し、持てる力のすべてを込めて、イシュトヴァーンの頭に強烈な一撃を加えるべく、滑るように間をつめて刃の平を下に思い切り棍棒のように振り下ろした。

うまくいっていたかもしれない。もし、足の下がこぼれた酒や果物の皮で滑りやすくさえなっていなければ。

放り出されたままの酒瓶の一本がカメロンの踵をすくった。

よろめいたカメロンは前へ倒れ込むような形になり、とっさのことで動けずにいるイシュトヴァーンのかまえた剣の上へ、まともに崩れ落ちていった。

鮮血が散った。

イシュトヴァーンは彫像と化したかのように硬直していた。

剣をささえた両手が細かく震え、紅潮していた顔は一瞬にして蒼白に変わっていた。

カメロンは唇を開き、血を吐いた。

剣は胸の真ん中を貫通し、背中にまで長く突き抜けていた。

「カ……カメ、ロン……？」

「イシュト——ヴァーン……」

流れ落ちる血がみるみる絨毯を染めていく。一息ごとに血の泡を唇に浮かべながら、カメロンはわななく手をあげて、しっかりとイシュトヴァーンの腕を握りしめた。

イシュトヴァーンはかすれた悲鳴を上げ、振り払おうとするかのように身をよじったが、カメロンは離さなかった。

みるみるうちに生気を失っていく顔を、カメロンはあげた。陸にあがってからの長い年月にきざまれた皺を、涙の粒が伝っていた。

「かわい……そうに、なあ、お前……」

絞り出すようにカメロンは言った。涙が血とまじりあって床に滴った。

「可哀想に……イシュトヴァーン、俺の可愛いイシュト——可哀想に、可哀想になあ、イシュト、お前、可哀想……に——」

血にまみれた、老いた手が震えながら上がり、蒼白なイシュトヴァーンの頬をそっと撫でようとした。

「俺は可哀想なんかじゃない！」

半狂乱になってイシュトヴァーンはカメロンを床に突き倒した。剣がずるりと抜け、カメロンは力なく床に横たわった。

その上に蒼白になって立ち、イシュトヴァーンは狂気のように剣をふるって、その背中を何度も何度も深々と突き刺した。突き刺し、引き抜かれるたびにカメロンの身体はかすかに揺れた。泉のように溢れる血が絨毯を黒く染めた。

「俺は可哀想なんかじゃない！」

狂ったようにイシュトヴァーンは叫び続けた。

「可哀想なんかであるもんか、俺は王になるんだ、〈光の公女〉を手に入れて、中原全体を、いや、その向こうの世界だって思いのままにする本物の王に……占い婆がそう言ったんだ、だから俺は可哀想なんかじゃない、可哀想なんかじゃない、可哀想なんかじゃ――」

突然、不気味な沈黙が降りた。

すべての力を使い果たして、イシュトヴァーンは剣を杖にうずくまり、荒い息をしていた。

両手も体も返り血で真紅に染まり、目に入った血しぶきで視界が赤く染まっていた。

酒と果物のすえた臭いを、濃い血臭が覆い隠していた。

「カメロン……？」

肩で息をしながらイシュトヴァーンはおずおずと手を伸ばした。

手から離れた剣が血しぶきをまいて床に転がった。

「なあ……カメロン……？　どうしたんだよ、なあ、カメロン……？」

返事はなかった。

血で隙間なく染め上げられた広い背中はもはやぴくりともせず、血の海に半面をひたした顔は、うすく目を開いたまま永遠の沈黙にあった。

「カメロン……おい……？」

壁にも天井にも、大量の血がはねかかっていた。天井の照明からも、飴のようなねばい血の滴《しずく》が滴っていた。それらはじわじわと広がりつづけ、室のすべてを真紅に染めあげかねない勢いだった。

「カメロン……おい、嘘だろ？　なあ……」

頭から血を浴びたような状態で座り込み、イシュトヴァーンはおずおずと、さっきまで自分の宰相で、かつ親代わりであり、友であり、もっともつきあいの長い最大の理解者であった男に、手をふれようとした。

「なあカメロン、起きろよ……冗談だろ、おい、カメロン？　カメロンおやじ、よう――

――」

「おやじさん!?」

開いたままだった扉から驚愕の声がとんだ。

イシュトヴァーンは獣のような反射的な動きで身をねじ向けた。大きく開いた扉に魂を抜かれたような顔のマルコが立ちつくし、眼前の血みどろの光景に目を見張っていた。

「おやじさん……カメロンおやじ……いったい誰が――」

焦点をなくした目が室内をさまよい、血まみれでカメロンの横にひざまづいているイシュトヴァーンに止まった。

愕然と見開かれた目に、すさまじい憤怒の炎がわきあがった。

「あんたがやったのか。あんたが殺したのか！　おやじさんを！」

叫びざま、マルコは抜刀して突っ込んできた。

呆然としていたイシュトヴァーンは受け止めるのがやっとだった。ぶつかりあった刃がきしみ、荒々しい呼吸をイシュトヴァーンは間近く聞いた。

「なぜだ！　なぜ、おやじさんを殺した！」

血を吐くようにマルコは叫んだ。

「おやじさんはあんたを愛してた、実のおやじだってかなわないくらいに、あんたを思って心から尽くしてた、なのに、あんたはおやじさんを殺したのか！　その手で！　その腐った、血まみれの両手で！」

　イシュトヴァーンは唇をふるわせてかぶりを振った。

「俺じゃ……ない」

　半開きになった口から、かすれた力ない反駁《はんばく》がもれた。

「俺じゃない……俺がやったんじゃない……カメロンの奴が、勝手に」

　マルコの顔が怒りにひきつった。

「『俺じゃない』？　おやじさんの血に濡れた剣を手にして、おやじさんの血にまみれた両手で、ぬけぬけとそんな嘘がよくつける！　おやじさんはずっとあんたを支えて誰よりも大切にしてた、その礼がこの所業なのか！　この虚言者——殺人者が！」

　白い影のようにマルコは突進してきた。

　剣が振り下ろされ、火花を散らしてぶつかった。鋭い一撃に、イシュトヴァーンは受け止めるのがせいいっぱいだった。ぎりぎりと押し込まれる。近々と寄せられた、憤怒にぎらつくマルコの黒い目は暗黒の炎のようだった。

「あんたに仕えた日々を呪う」

　ささやき声でマルコは言った。

「あんたのために働いた日々を呪う。あんたのために振るった剣を呪う。あんたのそばにつくことになったあの日を呪う。あんたにかかわるすべてを呪う。あんたはおやじさんを殺した。あんたのすべてを、俺は呪う」

「俺じゃない。殺ろうとして殺ったんじゃない。俺のせいじゃない」

弱々しくイシュトヴァーンは首を振ろうとした。

「俺はただ、カメロンの奴が急に襲いかかってきたから……ヴァラキアへ帰ろうとかなんとか、それで身を守ろうとして――それで……」

「おやじさんはあんたのために、無理を押してイシュタールからはるばる駆けつけたんだ！」

マルコは大きく剣をあおって、イシュトヴァーンを弾き飛ばした。

「あんたの愚行を止めるために！　あんたがまた中原に戦乱の種をまいて、ゴーラを戦に巻き込まないために！」

衝撃でほとんど力を失っていたイシュトヴァーンは簡単に後ろにとばされ、金襴張《きんらんば》りの壁に激突した。

そこもまた飛び散った鮮血に紅く染まり、もとの模様すらほとんど判別できないほどだった。強く背中を叩きつけて、イシュトヴァーンははげしくむせた。

「……あんたを今ここで殺すことは簡単だ」

マルコは立ち上がって顔をこすった。まばたきしない両目から、はじめて、涙があふれて両の頬を流れ落ちた。

「だが、そうはしない。先におやじさんをヴァラキアへ連れてかえって、提督にふさわしい方法で葬ることが先決だからな。ゴーラはもう俺たちの国でも、おやじさんの国でもない。俺たちが帰る場所は沿海州、ヴァラキアだ。ドライドン騎士団は今後永久に、ゴーラ王イシュトヴァーンの敵となる」

マルコはゆっくりと剣を収めた。かすかに震える手が刃と鞘を擦れ合わせてかぼそくすすり泣くような音を立てた。

マルコから少し遅れて入ってきたドライドン騎士たちが、その場の惨状を目にして驚きと悲哀の声を口々にあげた。

騎士のひとりが荒れた頬に涙を伝わせて、「おお、カメロン卿！　カメロン卿！」と呻いた。血まみれの床に膝をついて、めった刺しにされたカメロンのなきがらに両手を回して抱え上げようとした。

「一人で運ぶのは無理だ。みな、マントを脱いで、おやじさんを包んでくれ。こんな有様を誰にも見せたくはない」

マルコが感情を消した声で指示した。

騎士たちは若いものは身も世もなく泣き、剛毅なものは怒りと悲痛に唇を血の出るほどに嚙みながら、マントをとり、つなぎあわせて、カメロンのなきがらを包み込んだ。

そのさい、申し合わせたようにゴーラの記章をむしりとり、それぞれにイシュトヴァーンの足元に投げつけた。雨のようにぶつけられる記章の感触にも、イシュトヴァーンはぴくりともしなかった。全身真紅に染まったまま放心しているイシュトヴァーンの前から、目を閉じたカメロンの顔は、永久に隠されようとしていた。

ドライドン騎士たちはマントできっちりくるんだカメロンの死体を数人並んで持ち上げ、棺を運ぶように厳粛な顔で居並んだ。

荘重な足取りで出て行こうとする葬列の後ろについたマルコが、最後に振り返り、肩からもぎとったゴーラの蛇の記章を力を込めて投げつけた。

記章は石のように飛び、イシュトヴァーンの顔のすぐ横に当たって落ちた。

そしてマルコも扉を出て行き、いなくなった。

イシュトヴァーンは独りだった。

死の沈黙。まさに支配しているのは「死」だった。

カメロンの死、イシュトヴァーンの故郷の死、思い出の死、かつて少年時代に愛したさまざまなものの、完璧にして無慈悲な死。

イシュトヴァーンはゆっくりと横に滑り落ちるようにして倒れた。

身を丸め、血に染まった室内が目に入らぬよう、恐ろしい沈黙が耳を聾《ろう》さぬよう、目を閉じ、耳をふさいで、胎児のように身を丸くした。

かたくつぶった瞼の下で、影絵のようにこれまでのカメロンとヴァラキアの輝きに満ちた日々がめくられていった。そして血。真紅。血と涙に濡れたカメロンの顔が、裁きのように大きく悲しげに現れた。

（「イシュト——可哀想に、イシュト」）

（「可哀想に……イシュトヴァーン、可哀想に——可哀想に……」）

「可哀想なんかじゃない」

蚊の鳴くような声でイシュトヴァーンは呟いた。

「俺は可哀想じゃない……可哀想じゃない……可哀想、なんかじゃ」

そしてついに耐えきれず、泣きはじめた。

死と血のほかに誰もいない豪華な王宮の一室で、血に濡れた顔を涙でぬらし、すすり泣きで始まった声は、しだいに、魂を引き裂く号泣にまで高まっていった。

4

「ヴァラキアのカメロンが死んだようだね？」

「はい。すべては我が主のお考え通りかと」

軽く喉を鳴らして彼は笑った。

「私は何も考えていないよ。何にもしていないしね。あのとても生真面目なドライドン騎士が飛ばした鳥にさえ手を出さなかった。手紙の中身すら見なかった、ほんとうさ。まさかカメロン卿がじきじきに駆けつけてくるとは思ってみなかったけれどね。熱いカラム水をくれるかな？」

「仰せのままに」

カラム水が用意され、運ばれる間しばし会話はとぎれた。

「まあ、これで計画はかなり早く進むことになった」

優雅な器を一口二口傾けて、彼は続けた。

「いずれにせよ、カメロン卿はイシュトヴァーンから引き離さねばならない人間だったからね。私以外に、イシュトヴァーンが多少なりとも話を聞こうとする相手は彼だけだ。そして彼は非常に廉潔で、頭がよく、腕が立ち、イシュトヴァーンを大切にしている」

「我が主もあの若者を大切にしておられます」

「ああ、まあね。役に立つ持ち物を大切にするのは当然のことだろう？」

さらりと言って、彼はカップを置いた。

「とにかく、イシュトヴァーンが自分の手でカメロン卿を殺すことになったのは予想外だった。まあ、こちらとしては好都合だね。可能性を考えなかったわけではないが、先に手のものを派遣してくるだろうから、そこからうまく二人の間を裂ければと思っていたんだが。とにかく、これでドライドン騎士団は完全にゴーラから離反したし、もともとの取り巻きはすっかりいなくなってるし、リンダ女王は魔道の昏睡の中だ。イシュトヴァーンのそばについていてあげられるのは、私ひとり」

愉しそうに笑って、彼はまた器を口に運んだ。

「それに、ほんの子供の頃から世話になっていたカメロンを自分の手で殺したことは、イシュトヴァーンにとってはすさまじい負い目になることだろうね？」

「さように存じ上げます」

「ああ、なんて可哀想なイシュトヴァーン！」

歌うようにそう口にして、彼は美しい笑みを浮かべた。誰もが見ほれるほかはない、月《イリス》のように白く輝く笑顔だった。

「足音がしているね。慰めを求める子供が、私の膝にすがりにきているらしい。入れてやっておくれ、カル・ハン。あの子についていてあげるのは、もう私しかいないんだから」

黒衣のキタイの魔道師は空中を漂うように立っていって、扉を開いた。

全身、真紅に染まった男が立っていた。まだ乾ききらない血がじっとりと衣服を染め、指や髪の先から滴り、床にいくつもの血痕を作っていた。

唇が震えて、声にならないなにかを呟いた。

部屋の主は輝く笑みを浮かべたまま、手をあげて招いた。

操られるようにイシュトヴァーンは部屋へ入っていった。扉が閉まった。

血に染まった足跡が点々と室内へ続き、やがて、パロ王宮は再び静けさに沈んだ。

第四話　黄昏の道を往くもの

1

馬が長い首をそらせて長々と遠吠えを放った。

「わんわん！　わおーん！　わおーん！」

スカールの鞍の前に乗せられたスーティが嬉しがって脚をばたばたさせる。

「わおーん！　わんわん、わおーん！　わおーん！　わん！　わん！」

そして自分も葦笛のように高い、済んだ声で遠吠えらしきものを放った。

続けて馬もとどろくような遠吠えで応じる。巨大な角笛を吹き鳴らすような天地も震える咆吼と、葦笛を鳴らすがごとき幼く愛らしい歓声が交互に黄昏の空に響きわたる。

「こら、スーティ、静かにするんだ」

鞍からずり落ちかけたスーティをぐいと鞍上に引き戻す。

「あんまり暴れると鞍から落ちるぞ。——まったく、妙なことになったものだ。無邪気なお前がうらやましいよ、坊主」

『どうしたんだい、酢でも飲んだみたいな顔して』

どこからか飛んで戻ってきたザザが馬の耳の間にちょんと止まる。嘴《くちばし》にくわえた光るかけらをスーティの手に落とし、

『そら坊や、今度は水晶のかけらだよ。いい感じだろう。あんた、草原の鷹ともあろうものが、たかが新顔の馬にまたがって旅するくらいで、そんな顔をするとは思わなかったけどね』

「さすがに、狼が化けた馬には慣れていないのでな」

むっとした顔のままスカールは答えた。

「空から星までふるい落としそうな声で吠える馬にもな。馬があるのは足弱のスーティのためにもありがたいが、俺の故郷の馬たちは、犬や狼の吠え声には慣れておっても自分で遠吠えをしたりはせん」

『そんなくらいでぶすっとおしでないよ、黒太子。それとも狼のまんまのウーラにまたがるのがお好みかい。ウーラはかまいやしないだろうけど、それだとちょいと鞍や手綱がつけにくいだろうし、それに』

と楽しそうにたてがみをいじっているスーティに目をやり、

『坊やは楽しんでいるみたいだし、いいじゃないかね。あんただってそもそも馬を御す

る方が慣れてるんだろうから、吠え声くらいでガタガタ言うんじゃないよ』

スカールは頭を振った。

ノスフェラスへの旅からこっち、驚くべきことにはさんざん出会ってきたはずだが、まさか今さら狼の声で吠える馬にまたがることになるとは思わなかった。

魔道師たちに見せられたさまざまな驚異からすればはるかに些細なことではあるのだが、生まれたときから鞍の上にいたに等しいスカールにとっては、人生でもっとも慣れ親しんだ動物である馬が、よりによって天敵である狼の声で遠吠えする、という事実に、ひどく腰の落ち着かない気がするのだ。草原の馬たちは確かに、狼の吠え声に怯えぬよう生まれたときから犬の囲いのそばで育てられるが、だからと言って、馬そのものが狼の声で吠えるというのはなかなか受けいれられるものではない。

狼のウーラが気に入っていたスーティは当初かなり機嫌を損ねていたが、ウーラが変わらず轟くような遠吠えを放つ上、鞍に抱き上げられてみると、目線がずっと高くなるのに加え、ふさふさと長い銀色のたてがみをいじることに楽しみを見いだしたらしい。

今はスカールに抱かれて腰掛け、母の手伝いをしていた時に覚えたとみえる複雑な飾り編みをたてがみのあちこちに施している。おしゃれな貴族の娘のような華麗な編み込みが細かく工夫して配置された上、面白がってしまったらしいザザまでが、花やきれいな葉、透き通った小石、時には光り物好きな鴉《からす》らしくぴかぴか光る貨幣などをどこからか持ってきて、つけてやれとはやし立てる。

おかげで狼馬のたてがみはどんな洒落娘もうらやましがるような手の込んだ形に編み上げられ、さらにはそこここに白や青や桃色の小さな花、さまざまな色合いや形の葉や枝、少し色あせたリボン、貨幣、そして金めっきの小さな鈴で飾りたてられていた。馬と子供が遠吠えするたびに鈴や石はちりちりと震えて鳴り、花と葉はさらさらと鳴りさわいだ。

（やれやれ。まあ罪がないといえばないものだが）

狼に戻ったときもこの手の込んだ飾りは残るのだろうか。堂々としたたてがみに、花やリボンや鈴を山とぶらさげた狼王を想像すると、ひきしめられたスカールの口も、わずかにゆるんだ。

大鴉のザザから思いがけない申し出を受けた時には肝を抜かれた。フェラーラ、というなかば伝説の都市、そこに自分を待つものがおり、自分とグインにまつわる秘密を知ることができるという。

自分一人であれば危険など気にもせずうなずいたことだろうが、今はスーティがいる。おのれの冒険心や探求心より、守らねばならないのはスーティの安全だ。こんな小さな子供を連れて、魔物の跋扈する地を越えてはるか往かなくてはならないのは、いかにも危険すぎる。

『なあに、このザザとウーラに任しておきな』

大鴉は人間の姿であればぽんと胸をたたいたでもあろう様子で頭をそらすと、銀白の狼王ウーラにむかって顎をしゃくるような仕草をした。

とたん、ウーラがくるりとその場で宙返りしたように見えた。

次の瞬間、そこに立っていたのは、草原でもめったに見ないほどの素晴らしい駿馬だった。

長くしっかりした脚、ぴんと張った筋肉、広い胸に長く美しい首。額に流星のあるつややかな黒鹿毛で、たてがみだけが狼の毛色を残して長く、月の銀色に輝いている。馬は頭を振ってたてがみを払いのけると、狼を思わせる表情で歯をむきだし、ごう、と吠えた。

丁寧なことにはウーラの化けた馬にはすでに鞍とあぶみがつけられ、頭絡とはみに手綱と、草原式の立派な馬具まで一式そろって、あとはスカールがまたがるのを待つだけ、ということになっている。

『さ、早くしとくれ。善は急げって言葉を知らないのかい、鷹、あんたの翼が飛んでいくのを、待ちかねている奴らがたくさんいるんだよ』

じれったげにザザがせきたてる。あまりに急速かつ思いもかけぬ展開に、とっさに決めかねて唸ったスカールの背を押したのは、またもや、イェライシャが残していった一言だった。

(それは、そうなるように、すでに星辰の運行が定められておったということであろうな)

イェライシャの言を信じるならば、ここで喋る大鴉や馬に化ける狼に出会い、フェラーラなる魔都の生き残りに会うよう懇願されるというのも、また星辰の運行に定められたものなのだろう。

ならば任せてみようではないか、と腹をくくった。いずれにせよ、もうイェライシャの隠れ場所は見いだされてしまった。どのような術が使われているのかは知らないが、一度見いだされてしまったものに、もう一度もぐりこむというのもぞっとしない。一度や二度見つけられてしまったくらいであの老人の術が弱まるとも思わないが、このフェラーラへの誘いが星の運行とやらに定められているのだとしたら、抗うだけ無駄、あるいは、もっと悪い事態を引き寄せるだけかもしれない。

ロカンドラスにグラチウス、そしてイェライシャと、それぞれ性質は違え大魔道師と呼ばれる人種に出会ったせいもあり、スカールは、草原生まれのグル族の男としてはまずないほど、魔道というものの近くにあるようになった。今生きているスカール自身、なかば死んでいた身をグラチウスの魔道によって引き戻され、さらにイェライシャの力によって毒を払われた、いわば二重の魔道によって生命を保っている状態なのだ。

もっと若いころ、妻のリー・ファが健在で、草原の黒太子として中原に名を馳せていたころのスカールなら、魔道師風情が口にすることなど一笑に付していただろう。だが、このあやしげな超常の力のもつれあう世界に迷い込んでしまってからは、ある程度は星だの予言だの未来視だのという言葉に心をおくようになっている。

運命とはみずからの手で切り開くもの、という、草原の男としての魂は変わらず胸にあるが、自分がその魔道の力の一部として編み込まれてしまい、いささかなりとも影響を受けずにいられない者となってしまったからには、信じようが信じまいが、受け入れぬわけにもいかぬ。

ましてや今はスーティがいる。自分一人ならどんな危険も笑って切り抜けてみせようが、守ると名にかけて誓った子供は、どんなことがあっても守り抜かねばならぬ。またイェライシャがスーティの害になることを勧めるとはスカールも思わない。星辰の運行とやらに従うのがスーティにとって危険ならば、イェライシャもまた何らかの手段を講じていただろう――とにかく、そうだと信じるしかなかった。

『やあ、乗った、乗った』

スカールがスーティを前鞍に押し上げ、その後ろにまたがると、ザザは嘴を打ち鳴らして喜んだ。

『それじゃ、出発だよ、お二方。なあに、この黄昏の国の女王ザザが道案内に、狼王ウーラが身の守りについているんだから安心させね。大船に乗った気持ちでいるがいいよ』

乗った馬がまた狼の声で低く唸り、スカールはいささかびくっとした。

おだやかな橙色の光に満たされた木立から、狼馬はゆっくりと歩みだした。

木の間からは金色の光が靄のように広がってさまざまなものの輪郭を優しくにじませ、あたり一面が淡く暖かい金色の霞のうちにうとうとと眠り込むように見える。

見上げる空に太陽の姿は見えないが、降り注ぐ光は確かに夕暮れ時のなごやかな色で、木々に茂みに、眠たげなぼんやりとした翳りを落とし、奇妙なほどの静けさは息をするのすらためらわれるほど。

空は沈みゆく陽の輝く黄金から熟れた木の実のような朱、熟成の進んだ葡萄酒の深紅、そして真珠貝の縁を彩る貝紫から瑠璃玉《るりぎょく》の星々きらめく濃紺へとなだらかに暮れゆくさなか。馬の蹄が木の葉を踏む音だけがかさかさと鳴るほかは、人声はもちろん、鳥の声、獣の声、どんな物音さえも聞こえない。耳にやわらかな綿をつめられているような、ただぼんやりとした、ぬくい沈黙があった。

「この国にほかに生き物はいないのか」

あまりの静けさにこらえられなくなってスカールは尋ねた。

「お前は黄昏の国の女王と言ったが。お前の統治する国の人民はどこにいるのだ？」

『ま、女王って言っても、人間が言うような意味での女王様ってわけじゃないんだけどね』

ザザはいささか居心地悪そうにもじもじと翼をつついた。

『本当にこの国を治めているのはグィン王、すべての世界を統べる王様であるグィンだけだ。黄昏の国は妖魔の住む国さ、あたしやウーラのようにね。だけど普通妖魔ってものはあんまり他人の言うことを聞いたり、ましてや女王なんてもの鼻の先にもひっかけてやしないから。あいつらが頭を垂れるのは唯一、真の王様である、グィンだけさ』

「それでは万が一妖魔が襲ってきたらどうするのだ」

ぎょっとしてスカールは剣に手をやりかけた。

「お前は大船に乗った気でいろと言ったぞ、鴉。それではもしや妖魔が襲ってきたとしても、お前の命令で下がらせることはできないということではないか」

『このウーラにわざわざ喧嘩を売りにくるような馬鹿はいないよ』

ザザは笑い飛ばした。

『それにあたしが王様にお近づきの身だってのはみんな知ってるからね。あたしや、あたしの連れに手出しして、あとで王様に知れたらどんなお怒りを受けるかしれやしないって、みんな怖がってるんだよ。ごらんな、おっそろしくしんとしてるだろうがね』

うっとりと眠っているような、やわらかい黄昏に満たされた光景を翼の先で指す。

『危うきには近寄らぬがいいって、みんな遠くへ隠れちまってるのさ。ま、賢い判断だね。あんたはともかく、そこのちっちゃい坊やなんて、見たら我慢できずに手が出ちまいかねないのもいるから——ああ、ほら』

あわててスーティを腕にかいこむスカールに、またザザは笑った。

『だからみんな遠くへ隠れちまってると言ってるじゃないか、馬鹿だねえ。少なくとも、坊やとあたしたちの匂いが消えるまでは、足跡が見える距離にさえも近づいちゃこないだろうよ。ウーラの匂いだけでも怖がるには十分だってのに、そこにあんた、草原の鷹の匂いまで加わってるんだからね。それに——』

「それに、なんだ」

『本当に注意しなきゃならない場所は、黄昏の国のむこうにあるからね』

「なんだ、それは。この国を抜けたところになにがある」

『非人境《ノーマンズランド》』

その一言は、スカールの背になにかおぞましい感触を走らせた。

『そこに達するまではこのあたしの領域だ、安心していてかまわないよ。この黄昏の国で、女王たるこのザザ様とガルムの血を引く狼王ウーラに立ち向かおうなんて愚か者、いるはずがないんだからさ』

「ほう、女王か」

背筋を走った一瞬の悪寒を振り払うように、スカールは軽口を叩いた。

「するとお前は、グィンの配偶者ということになるのかな、大鴉のザザよ。グィンが黄昏の国の王ならば、女王たるお前はその伴侶ということになる、そういうことではないのか？」

『な、なんてことを、鷹』

ザザは大いに狼狽し、空中でぐらっと傾いて墜落しそうになり、みっともなくバサバサとはばたいてようやく体勢を立て直した。

『そ、そりゃああたしは確かに女王だし、王様は王様だけど、あんた、格ってものが違うよ、格が……そ、そりゃ、王様があたしなんぞに目をかけてくだすったらあたしゃもう幸せで第三天まで魂ごとぶっ飛んじまうし、伴侶だなんてそんな、そんなこと冗談でも王様に言ってもらえたら、それだけでもその場で死んじまってもいいくらいだけど、そ、そんな、は、配偶者とかなんとか、そんなこと』

「随分とあわてているな。顔が赤いぞ、鴉。いや、おそらくの話だが」

スカールは意地悪くにやりとした。

「無理をすることはない。女ならばあのグィンの偉丈夫に惚れぬ者などいまい、あの異形の豹頭など気にもせぬだろう妖魔のお前ならなおのことだ。これでも場数は踏んでいるのでな、女が誰ぞに惚れているかいないかくらいは見極める目は持っている。惚れた相手と離れておらねばならぬとはさぞ辛いだろうな、黄昏の国の女王よ」

『あ、あたしゃ、ちょいと用事を思い出した——おや、あそこに、坊やにぴったりなきれいな小石がある』

ザザは落ち着きなく頭を動かし、いきなり騒々しくはばたいて、永遠の暮れ方の影が落ちる森の中にまっしぐらに飛んでいってしまった。スカールは口を押さえて笑いをかみ殺した。一方の手にたてがみの房を、もう一方に白い小さな花を持ったスーティが、編み込みをとめて不思議そうにスカールを見上げた。

「とりさんいそいでどこいったの、おいちゃん？　はんりょ、ってなに？　はいぐーしゃって？」

「ああ、それはお前さんがもう少し大人になれば自然とわかるだろうよ、ちびっこスーティ坊主」

はぐらかされたスーティはむっと膨れて唇をつきだしてぶーっと鳴らし、またせっせと編み込みの手を動かしはじめた。狼馬のウーラが喉の奥で笑い声のような低い吠え声をひとつたてた。

（伴侶——伴侶、か）

スカールの視線がふと遠くなる。めったに過去を振り返ることのない彼ではあったが、この黄昏の国の永遠の夕暮れは、自然に人に過去の思い出を誘うものであった。

（リー・ファ。俺のリー・ファ。どうしている。モスの神の膝元で安らかでいるか。俺

のなすことを見てどう思っている、リー・ファ。魔道師の術によって動く半死体と化している俺を)

もはや何百年もむかしのことのように思えた。ことにこの時の流れのない地の微光のなかでは。ノスフェラスで大半の兵を失い、自らも死病を得て中原へ帰り着いたスカールに、どこまでもけなげに寄り添っていた愛しい女。黒い髪にしなやかな猫のような体、情熱を秘めて輝く切れ長の目、あざやかに赤い唇。浅黒い肌は馬上で陽を浴びる暮らしにもかかわらず絹のようになめらかだった。

二人でアルゴスに帰ろう――その約束はついに果たされることはないまま、リー・ファはイシュトヴァーンの凶刃にたおれた。

(『太子さまは――無事』)

(『よかった――』)

あれもまた日の暮れゆく頃合いであった、とスカールは思った。沈んでゆく陽と同じようにリー・ファの命の炎も消えてゆき、その、子供のような不思議な安らぎにみちた死に顔を、いつまでもさすっていた自分を鮮明に感じた。見上げる空はあの時とおなじ夕暮れ。

どこまでも続く黄昏の空を眺めて、スカールは、あの鴉が言うように、この空もあの時の黄昏の空に繫がっているのなら、闇雲に駆けだしてあの瞬間のイシュトヴァーンとリー・ファのあいだに割って入り、彼女の命を救いたいという衝動と戦った。

無理なことはわかっている。起きたことはもはや変えられず、あの事件を経たなりゆきがあってこそ今のスカールはあるのだ。

中原ではヤーンの紡ぐ糸車は人の手にはまわせぬという。それでなくとも、妖魔であるザザでさえ、黄昏から黄昏へ飛ぶことはできても、そこで起こることは見ているしかないのだ。人である——魔道によって生かされている今の自分が完全なひとであるならばだが——スカールが、手の出しようもあるはずがない。

無心にたてがみを編んでいるスーティを見下ろす。怨敵イシュトヴァーンの息子であるこの幼子を抱いて、同じ黄昏の空の下をゆく運命のめぐりあわせをあらためて奇妙に感じた。

イシュトヴァーンに対する怨念は今も変わらずちらちらと熾火《おきび》のようにスカールの胸にたぎっているが、この無邪気な小イシュトヴァーンに対する愛情もまた同じくある。その母に守ると誓ったのみならず、幼いながらにまっすぐにこちらを見据える強く大きな黒い瞳は、憎しみや恨みというようなものをあっさりと消し去って、愛らしく素直な、幼くも心強き子を守ってやりたいという根源的な願いに変える。

（リー・ファ、お前は、この子を見たら笑うだろうか……）

金紗《きんしゃ》の襞《ひだ》をくぐるようなやわらかい光の中をしばらく進むうちに、赤い煉瓦で敷かれた、誰もいない広い街道に出た。夕映えが煉瓦の赤に影を落とし、風化してすすけた煉瓦を沈んだ赤茶色に見せている。

しかし、やはり誰もいない。街道ならば必ず出会う砂煙をたてる隊商の列や、日が落ちる前に宿場へたどり着こうと道を急ぐ旅人や、無口なミロク教徒の巡礼たちのフードをかぶった影法師も、見あたらない。家の一軒、茶屋の一つすら存在せず、やはりこれまでと変わらない、ゆったりと起伏する丘陵と、動くもののない森林の輪郭が、蜂蜜に漬けられた杏のようにとろりと薄明の中に眠っている。

「赤い街道ではないか」

驚いてスカールは言った。

「俺たちがいた場所の近くには赤い街道は通っていなかったはずだぞ。いったいどうなっている？」

『前に王様にも説明したことはあるんだけどね』

少し前に舞い戻ってきたザザは気を取り直したのか、気楽そうにウーラの頭に止まって羽繕いしている。

『赤い街道っていうのは、普通の人間が思っているような、ただあっちとこっちを結んでいるだけの道じゃないってことさ。大昔、この街道を作った宰相アレクサンドロスが、人間界だけじゃなく、魔界、幽界、精霊界、その他のたくさん存在する異次元をも通行することができる通り道として、こいつを仕上げたんだ。通り方さえ知っていりゃあ、今でも自由に次元の間を行き来できるんだよ。まあ、年月が経ちすぎて街道自体が壊れちまったところもあるし、やり方を知っている者も、そもそもほとんどいなくなっちまったけどねえ』

それ以上の説明をする気はザザにはなさそうだった。また説明されたところでどうなるものでもない。スカールとしては狼の声を発する馬に揺られながら、スーティの背を抱き、あたりをひたす永遠の黄昏の光に目を凝らしているしかなかった。

ウーラは蹄を鳴らして、赤い街道の煉瓦の上を進み始めた。

「黄昏の国、と言ったな、大鴉」

狼馬の背に揺られながら、なにか間の持たない気がして、スカールはザザに問いかけた。

「この黄昏は永遠に続くのか。時の流れというものはないのか、ここには」

『少なくとも、あんたたち人間の言うような基準ではね』

そっけなくザザは答えた。

『この黄昏はあらゆる世界とあらゆる場所の、すべての黄昏に通じてる。だから時間の流れはあると言ってもいいし、ないと言ってもいい。あたしにとってはあんたの生まれた日の燃えるような草原の夕日も、ノスフェラスの荒地を死にかけながら這っていくあんたの背に照りつけた落日も、どちらも同じひとつの時間の上にある』

「俺にはただの夕暮れ時と違うようには見えん」

『そりゃあ、あんたはあたしじゃないからね。黄昏の国の女王の名は意味がないわけじゃないってことさ。すべての黄昏の空はあたしの領分で、あたしは自由にそこを飛び回る、たとえなんの手出しもできなくても』

最後につけ加えられた言葉があまりにも寂しげだったので、スカールは返す言葉をなくした。そして先ほどの自分の軽口を多少後悔した。この大鴉が確かにグインに恋慕の情を抱いているなら、その想う相手に忘れられ、そばへ行くこともできないのは、どれほど辛いことだろう。

（魔都フェラーラ）

何度か噂には聞いたことがある。そこはキタイの近くに位置する人間と妖魔が共存する魔法の都市で、人間と妖魔の通婚も普通に行われ、珍奇な姿の人と妖魔の混血たちが、人間と同様にぎやかに街路を行き来するとかいう話を、旅の商人が身振り手振りで語っていた。

そのころは商人が客寄せのためにでっちあげた作り話だろうと思っていたのだが、この黄昏の国の女王を名乗る口達者な大鴉の話によれば、フェラーラはまさに実在し、商人が語っていた通りの繁栄を誇っていたという——かつては。

『だけど、人面蛇アーナーダが死んで、都市の命脈もつきた』

と大鴉のザザは語った。

『アーナーダはフェラーラを作ったアクメット神の使わしめで、そいつが生きてる間はフェラーラは滅ばないってことだったんだけどね。まあ、なんにだって寿命はあったってことさ、たとえ神の使わしめであってても。あたしと王様がどうやってアーナーダが死んでるのを見つけたのかは、長くなるからまたいつか話してあげるよ。とにかく、それでもってフェラーラはおしまい。それまでにもキタイの竜王から圧力は受けていたんだけど、一気に潰されちゃって、今じゃわずかな生き残りが、魔界と人間界の端っこにちょっとした隙間を見つけて、身を寄せ合ってるばかりさ。魔都フェラーラは廃都と化し、残っていたアウラ神殿も、打ち壊されて無惨な姿をさらしてる』

「アウラ神殿、か」

考え深げにスカールは繰り返した。

「アウラ。アウラ——どこかで聞いたような気がする名だ。ひょっとしたら、俺がノスフェラスで目にしたさまざまな秘密の中に含まれていたものかもしれん。いまだあれらの全貌を俺は理解できておらんし、すべてをはっきりと思い出すこともできんが、断片的な記憶は残っている。確か中原で言う暁の女神の名だったはずだが、それではない。もっと深い意味、深遠な秘密を、その一語には感じるぞ、鴉」

『さあね。あたしにゃ、世界の秘密なんて話は大きすぎるのさ』

　ザザは肩をすくめるような具合に翼をちぢめてみせた。

『あたしはしょせん、一介の妖魔にすぎないからね。世界の根幹を左右する秘密に触れられるのは、神々をも超越した何者かに選ばれたただ一人、グイン、王様その人だけだ。だからみんな、王様のまわりに集まり、慕い、惑い、争い、王様を手に入れて力を得ようとする』

「それほどまでに大きいのか。グインの秘める力とは」

『大きいもなにも、あんた』

　鴉は首をちぢめて、身震いしてみせた。

『あんたもその鍵の一つのくせしてよく言うね、南の鷹。まあ、知らないからこそそんなに気楽に口にできるんだろうけどさ。あんたと王様は出会う、北の豹と南の鷹は出会う、その時〈会〉が起こり、世界の鍵がひとつ開く——あるいはもっとたくさん、でなきゃぜんぜんなにも起こらない——わかりゃしないよ、誰にもね。王様その人にだってわかっちゃいない、本当ならわかってていいはずなんだけど、王様自身にもたくさんの封印や目隠しの霧や妨害がかけられてて、なかなか見通すことができないのさ。ほんの目先の、あの鶏がらみたいな痩せっぽちのお妃のことさえね』

「誰しも自分に近いことほどわからないものだ。自分自身のことならばなおさらな」

鴉の最後の一言に込められた苦く複雑な響きには気づかないふりをして、スカールは言った。

「『自分を真に映す鏡を持つものはしあわせだ』古老はそう言う。他人のことはよく見えても、自分のことはなかなか見通せないのが人というものだ。グインも人だ、人間を超越した力と肉体を与えられていても、あの男の心は確かに血の通ったひとなのだ。責められぬ。お前とて覚えはあるだろう、大鴉のザザ、黄昏の国の女王」

ザザは不服そうにちょっとはばたいたが、珍しくなにも言おうとしなかった。編み込みをひとつ作り終えたスーティが満足そうにため息をつき、編み終わりにザザが拾ってきた水晶のかけらを結びつけた。斜めにさしかかる残照が水晶の切り子面を金剛石のように輝かせた。

『気をつけて、鷹』

突然、それまでとは違った響きの声でザザが言った。カア、と鳴いた声が警鐘のように鋭く鳴り渡った。

『いま、境界を越えた。ここからは別世界だ。〈非人境《ノーマンズランド》〉――こっからは気をつけて進まなきゃいけないよ、草原の鷹』

2

スカールは口を開きかけて、ぐっと引き結んだ。いきなり腰の下のウーラが消えたかのような墜落感が一瞬現れ、すぐに消えた。その間も鞍と手綱の感触は変わらずあったのだが。

まばたきしたかのようにザザの姿がぼやけ、またすぐ現れた。うなじの毛が自然に逆立ち、泡立つような不快さが背筋を駆け上った。まるで見えない無数の冷たい指が群をなして背中を這い上ったかのようだった。

スカールは瞬きし、動揺を振り払って頭をあげた。一見、周囲はどこも変わっていないように見えた。相変わらず夕暮れの薄明にひたされた丘陵がゆったりと続き、人影のない赤い街道が落日の地平にむかってまっすぐに延びているばかりだ。

だが、何かがはっきりと変わっていた。肌に触れる空気の感触、空の微妙な変化、そしてなにより草原育ちのスカールの勘がそれを告げていた。

「なにを――」

「草原でならば、『今、俺の馬の足跡を誰かが飛び越えた』とでも言うところだ」

唸るようにスカールは言った。スーティさえ何か異変を感じたらしく、たてがみから手を離して不安そうにきつくスカールに身を寄せている。

「確かにここは今までの黄昏の国とはわけが違うらしい。しかもどうやら、あまりたちの良くないところと見た。どうしてもこんなところを通らなければならないのか、鴉。俺だけならばともかく、スーティに危険が及ぶのは避けねばならんぞ」

「通らなくてすむなら、あたしだって誰がこんなとこ」

ザザは苛々したようにウーラの頭の上で足を踏みかえている。

「でも、さっき言ったように、赤い街道には通り方ってものがあるんだよ。正しい道筋を通らなきゃ、いつまでたっても思うところには行き着けない。前に王様と通ったときもここを通ったんだ。フェラーラに行き着くには、なんとかしてここを通り抜けるしかないんだよ」

「先ほど気をつけなければならない場所、と言ったな。どう気をつけなければならないのだ。気の荒い妖魔でも住んでいるのか、それとも、もっと悪いものでも潜んでいるか」

『妖魔は住んじゃいないけど、ある意味もっとたちが悪いかもねえ』

ため息混じりにザザは言い、窺うように首を回した。

『ここはね、生まれる前の魂が漂っている国なのさ』

「魂？　ではここは、死者の国なのか」

『まっとうな死人ならそれぞれ、ヤヌスの天国なりドールの地獄なり、あんたたち風に言うならモスの草の海へとっくに行っちまってるよ』

ふてくされたようにザザは吐き捨てた。

『ここでうろうろしてんのはそれができなかった腑抜けども、何かの理由で死んでも死にきれずに、かといって生き返るだけのつても持たずに、うろうろふらふらしてる亡魂がよたついてる国さ』

スカールは目を厳しくして剣に手をかけ、周囲を見回した。

少しずつ、風景が変わり始めているのがわかった。眠たげな静寂に沈んでいた黄昏の国の金色の光は薄れ、薄暮の冷たい蒼白さがあたりに忍び寄っている。華麗な変化を見せていた空はいつか重苦しい星もない蒼灰にくすみ、路傍に揺れる木々の枝さえ、どこか不穏な影をおとしてざわざわと動き出しそうな気配を見せる。

「気をつける、と言うが、何に気をつけろと言うのだ」

『前に王様と通ったときは、別に何の気兼ねもいらなかったんだけどね』

ため息をひとつザザは漏らした。

『なにしろ王様といっしょだったから。非人境の魂どもでさえ、誰が自分の王様かってことくらいは心得てるもんだし』

「グインはこの亡霊の国の王でもあるのか」

スカールはいささか愕然とした。

『当たり前じゃないか。王様は足を踏み入れるすべての地の王様さ。そういう風に定められているんだから』

ザザは不服そうに嘴を鳴らした。

『けど、あんたたちは事情が違う。ここは本来、生きてるものが足を踏み入れちゃいけない場所なんだ。亡魂どもはいつだって自分たちが生き返れる機会をねらってる。もう一度肉の体を手に入れて、生きてたときにやってたことをもう一度やりつくしたいって欲望でいっぱいなんだ。まあ、だから半端にこんなとこでふらつく始末になるわけだけど。

鷹、二重の魔道で生かされてるあんたはともかく、そこの坊やみたいな元気で無垢な子供の身体なんて、あいつらにはよだれの出そうな代物さ。若くて元気な肉体ほど、あいつらの欲しがってるものはないからね。

だからその子をしっかり抱いて、手を離さずにおいで。あいつらが何を言ってこようと、耳を貸しちゃ駄目だよ。あいつらの目当ては生きてる人間の肉体、それ以外にゃないんだから』

「とんだところへ連れてきてくれたものだな、ええ、鴉」

　言いながら、スカールはあわててスーティを腕にかい込み、マントの下にしっかりとくるみこんだ。さすがに異様な雰囲気を感じ取ったのか、スーティも息をつめて人形のようにじっとしている。

「こんなところを通ると知っていれば多少の心準備はしてきたものを。お前は俺やスーティには指一本触れさせぬと言ったが、ザザよ、本当に約束は守れるのだろうな」

『馬鹿におしでないよ、これでもあたしは黄昏の国の女王さ』

　ザザは怒ったように翼を広げて数度はばたいた。

『あたしが今まで何の手も打ってなかったとお思いかい。あたしがなんの意味もなくその子にウーラのたてがみを編ませてたとでも、それとも、ただ喜ばせるためだけに、花だの石だの、鈴だの集めてきてたとでも？』

「花？　石だと？」

　思いがけぬ言葉にスカールが肝を抜かれていると、こまかく編み込まれたウーラのたてがみが、しだいに蒼い燐光に包まれて燃え始めた。

　うわあ、とスカールの腕の中から顔を出したスーティが目を丸くする。

「スーティのあんだの、ひかってるよ、おいちゃん」

　燐光は編み目にそって滑るように広がり、要所要所に差し込まれたり結びつけられたり編み込まれたりしたリボンや石や花や鈴を星座の星々のように光の線でつなぎながら、やがてスカールとスーティを含めたウーラの馬体すべてを包み込んで燃え上がった。

「これは……どういうことだ」

『この世のあらゆるものには力が宿ってるってことさ。引き出し方さえ知ってればね』

ザザはいささか得意げだった。ウーラの頭の上で、自分も蒼い光に包まれながら胸をふくらませ、

『ものを編むってことは、編むものの持ってる力をより合わせて力を強くするってことなのさ。ちゃんとした編み方を知ってれば、ある程度自由に力を操ることができる。イェライシャのじいさんがあんたたちを隠すのにも使ってた、魔道以前の、古い古い力の使い方さ。

しかも坊やが編んでたのは、ガルムの血を引く狼王ウーラのたてがみだ。それだけでも魔力はあふれてる、そいつを凝ったやりかたで編み合わせて、あたしが選んだ特に力のある花やら石やらで飾りつけたんだ、そんじょそこらの怨霊じゃまず寄りつけないね。それに』

ザザはぱっと飛び立つと、翼を鳴らしてウーラとスカールたちのまわりを一周した。黒い羽が散り、そのまま空中にとどまって、蒼い光をまとって一行を囲むように浮遊した。

「これは……」

『あたしにだって、夕星《ゆうずつ》の光のおこぼれを自由にする力くらいあるのさ』

いささか圧倒されているスカールに、またウーラの頭に止まって、ザザは後ろにひっくりかえらんばかりに胸をそらせた。

『坊やとウーラとあたしで編み上げた力の防壁、それに、黄昏の国の女王の羽根と星の光でできた円陣。これだけそろってりゃ、たいがいの亡霊はあたしたちに手も触れられりゃしないよ、ただし』

ぐっと前に身を乗り出して、ザザはつややかな目を光らせた。

『あんたたちが自分からあいつらに手を出さない限りだけどね。この防壁は外からの干渉には強いけど、中の者が手を出しちまったらいっぺんに破れる。だからたぶんやつらは、あの手この手であんたたちをここから引っ張り出しにかかるだろうけど、いいかい、いっさい気にしちゃ駄目だよ。ここにいるのは亡霊だけだ、そいつをしっかり覚えとくんだよ、草原の鷹。目に見えるものはみんな惑わしだ、あんたたちを安全な場所から出させようとする亡霊どもの罠だ、そう思うんだ。目と耳をしっかりふさいで、前だけを見ておいで。わき見をすると命に関わるよ、いいかい』

「……承知した。気をつけよう」

スカールとしてはそう応じるしかなかった。スーティはぎゅっとスカールの手につかまりながら、ぼうっと蒼く輝くウーラの身体と自分たちに驚きの目を向けている。

進むうちに、あたりは真の夜の暗さに沈んでいった。

何の音もしない、だが、それはあくまでうっとりと眠っているようだった黄昏の国とは明らかに事を異にしていた。スカールは草陰で息をひそめて獲物をねらう草原猫の息づかいを耳元に感じる気がした。大気はぴんと張りつめ、透明で冷たい氷の中を進んでいくかに思えた。

（人間）

（人間。人間だ）

はっとスカールは身構えた。水底からあがってくるあぶくのように、靄のかかった声が耳のそばではじけた。

みるみるうちにその数は増え、もののこすれるような音、しゅうしゅうと息を吐く音、這う蛇のようなさらさら言う音が次々に周囲に群がり集まってきた。

スーティを強く片腕に抱き込み、スカールはすらりと剣を抜いた。

『おさがり、亡霊ども、おさがり！』

ウーラの頭の上ではばたいたザザがわめきたてた。

『このあたしを見忘れたかい。今日は王様がいないからって、あたしのお客人に無礼は許さないよ。黄昏の国のザザは約束したことは守るんだ。このお方たちに手を出したら、あんたたち、たちまち王様の怒りに触れて消し飛ばされるんだからね！』

（あんなこと言ってるよ）

（意地悪。黄昏の国のザザの意地悪）

（たかが年ふりたハーピイのくせして、偉そうに）

ざわざわ、シュウシュウというささやきが恨めしげに重なった。

（しばらく王様のおそばに侍ったからって、威張ってるんだ）

（きっとあの人間も独り占めする気なんだ）

（ザザの意地悪。意地悪）

（そこのすてきな旦那様、そんな鴉は放ってこっちへおいでなさい）

（いいや、こっちだ）

（こっちだよ）

（こっちだ）

（こっち……）

幾重にも重なるささやき声が物であるかのように手足に巻きつくように思える。あまりの気持ちの悪さにスカールが剣で身の回りを払おうとすると、『駄目だよ！』と鋭くザザが止めた。

『言ったろ、こいつらの言うことに耳を貸しちゃだめだって。こいつらは相手に認められないかぎり、こっちに手を出すことはできないんだ。だからなんとかして挑発して、こっちから手を出させようとする。剣で斬ろうとするということは、相手の存在を認めるということだ。そんなことをしたって無駄だし、剣を向けてしまえば、こちらの防御の術が崩れる。気持ちは分かるけど、鷹、坊やのことを考えて、じっとしているんだ』

スカールは唇をかみ、いやがる手を無理に動かして、剣を鞘に戻した。

ウーラは足を速めるでもなく、一定の速さで着実に前へ進んでいる。赤い街道はすっかり闇に沈み、くすんだ赤い煉瓦は古血のようにどす黒い。

あたりに集まってくる気配の数は増える一方で、耳に聞こえる音はほとんどないにも関わらず、耳朶《じだ》に直接吹き込まれるような亡魂の囁き呻きは地獄からあがってくる合唱の声そのままだった。

(ああ、もう一度生まれたい。身体がほしい。肉の器がほしい)

(もう一度あさましい苦しい醜い人間の世界で、あさましく醜く金を争ったり酒を飲んだり女を抱いたり殺したり殺されたりしたい)

(身体をよこせ。その生きた身体を、こちらに)

(その子供をこちらへ渡せ。すばらしい輝きのその子供を)

宵闇の底から溺死者の手のような生白い影がゆらめいてくる。煙のようなその手がウーラを包むザザの羽根の円陣の光に触れると、たちまちばらけてかすかな悲鳴とともに消え去る。

(意地悪。意地悪)

(黄昏の国の女王の意地悪)

いくつもの白い影がさらにぼうっと浮かび上がる。水藻のように揺れるその姿から、スカールはできるだけ顔を背けて見まいとした。

(俺たちが望みをかなえるのがねたましいんだ)

(王様に相手にされないから——グインに忘れられちまってるから)

(王様が帰ってこられないなら、お前なんかなにが怖いもんか)

(身体をよこせ。肉体をよこせ)

(その、健康な若い子供を渡せ)

「聞いてはならんぞ、スーティ」

懐に深々と顔を埋めているスーティに、スカールは低声でささやいた。

「あれはただの悪い夢だ。この暗い道を出てしまえばもうついては来られない。何があっても、スカールのおいちゃんが必ず守ってやる。だから勇気を出して、いい子にしているんだ」

「……スーティ、いいこ」

かすかに震える、だがしっかりした返事が返ってきた。小さな手にぎゅっと力がこもる。ふくふくした手を握りかえしてやって、スカールは眉間に力をこめて前をむき直した。

亡霊どもの気配はほとんど隙間なく周囲を取り囲んでいた。水死体めいた青白い人から、ほとんど人の形をなくしたうごめく煙の塊、手や顔、目、口など肉体の一部だけが空中に形を保っているだけのものなど、数限りない亡霊の中を、かきわけるようにして一行は進んでいく。

何度となく血の気のない白い手がのばされてきてスカールやスーティを摑もうとしたが、そのたびに、ザザが張った星の円陣が燃え上がり、悲鳴とともに亡霊は退散した。呪いと憎悪、怒りと羨望にゆがんだ醜い顔が周囲を飛び回り、聞くに耐えない罵声を浴びせてきた。

その中にはスカールでさえ聞いたことがない、いかなる古老の物語にも出てきたことのない古い言語や、失われた民族の顔立ちが見られた。老人からごく若いものも、男も女も、またどうやらそのどちらともとれない者もいて、それらすべてが、新たな生と肉の器に執着して、見苦しく押し合いへし合い、めったにない機会を手にしようとやっきになっていた。

（ああ、太子様、アルゴスの黒太子様）

練り絹で耳を撫でるような甘い声が吹き込まれてきた。

（もしあたくしを選んでくださいましたら、きっとお礼をいたしますわ。お身体の健康をすっかり取り戻してさしあげて、アルゴスへご凱旋なさるのをお手伝いいたします——ごらんくださいな、これを）

同時に、スカールの眼前にさっと光が射した。懐かしいアルゴス、風に騒ぐ緑の草の海の真ん中で、浅黒く精悍な顔立ちの男が——スカール自身が、数千人にも及ぶだろう草原の男たちの軍勢を引き連れ、勝利の鬨の声をあげていた。

「悪いがな、亡霊よ」

スカールは微笑した。にがい笑いだった。

「アルゴスの黒太子はもう死んだ。わがグル族の男たちはみな俺のために命を落とした。半ば生きてさえいないこの身体で、おめおめと俺が草原に帰るなどとお門違いも甚だしい。消え失せるがいい」

眼前に漂っていたどことなく女を思わせる影は口汚い罵りを残して消えた。同時に目の前に広がっていたアルゴスの光景も消えた。そのときに感じたのは安堵感ではなく、寂寥《せきりょう》感だった。もう二度と、あの日へもあの場所へも、戻ることはないのだということへの。

直接手を出すことができないのがわかると、亡霊たちは次々と輝かしい幻影を繰り出してきてスカールたちをおびき出そうとした。

山と積まれた黄金と宝石の宝倉を、一行はいくつも歩き抜けた。なまめかしい女たちが乳房も腰もむきだしにし、虹色に塗った唇をあえがせて、珍味佳肴《ちんみかこう》の盛られた皿や美酒の満たされた杯を捧げて誘っている部屋も通り抜けた。この世のすべての知識と秘密を蓄えているであろう巨大な図書室と、そこにうずくまる、おそらくは人ならぬ司書の姿も見た。

それらのどれにもスカールは目もくれなかった。一つ通り抜けるごとに、あらたな怨嗟と呪いの声がわき起こった。だが、すべて感覚から追い出し、スーティの目と耳をかたく塞いでやることだけに心を砕いた。この聡《さと》い子供があの程度の惑わしにのるとは思えなかったが、幼子の無垢な瞳に、亡霊の汚れた幻影など映すに忍びなかったのだ。

これらの誘惑が効を奏しないとわかると、今度は脅迫が始まった。

およそ考えられる限りのおぞましい顔と姿、無惨な殺戮と拷問のありさまが周囲に繰り広げられた。業火の中で身悶えする自分自身の姿をスカールは見た。また分厚い氷の中で氷柱となって立ち尽くす姿も。生きたまま頭からつま先まで生皮をはがれて絶叫する姿も、裂かれた腹から流れ出るはらわたを子鬼どもにもてあそばれる様も、逆さに吊られた裸のありとあらゆる場所に焼き鏝《ごて》を当てられて煙の中で身をよじる様も。

そのほかにもあまたの残虐と苦痛があった。多くの戦の中で残酷さには慣れているスカールでさえ、吐き気をもよおすほどのものが。

(どうだ)

火を噴くような亡霊どもの囁きが耳もとで渦を巻いた。

(もしわれわれに肉体をよこさなければ、どのような目に遭わされるか知るがいい。われわれはけっして無力な幻影などではないのだぞ)

(お前たちを永遠にさまよわせてやる。永遠にこの国から出しはしない)

(身体をよこせ、身体をよこせ、器をよこせ)

(その生きた暖かい肉体をよこせ)

(よこせ! よこせ!)

『止まっちゃいけない、鷹』

ザザの声が今は心強かった。目を閉じても瞼の間から入り込んでくる無惨な光景を心から追い出しておくには、スカールでさえかなりの努力が必要だった。スーティは完全にスカールの懐に頭をつっこんでいる。小さな肩が石のように硬くなっていた。せめてもの慰めに、スカールは丸めた背中を優しく撫でてやった。

『少しでも隙を見せたら、その時こそ奴らは襲いかかってくる。どんなに騒いだってあいつらは亡霊さ、実際にこっちに手は出せやしない。この防壁が破れないかぎりはね。あだからとにかくここをつっ切って、奴らを振り切っちまうのが一番さ。じっとして、心を落ち着けて、しっかりウーラにつかまっておいで。坊やもだよ』

「言われんでもわかっている」

食いしばりすぎた顎の筋肉が痛む。スカールは絞り出すように言い、いくら強く目を閉じても瞼の裏に忍び込む凄惨な光景を追い出そうとした。

「もっと早く進むことはできんのか、鴉。ウーラが本気で走れば、どのくらいの距離があるのかは知らんが、このような国、一瞬で走り抜けられるのではないのか」

『あたしだってできるならそうしたいけどね、赤い街道の通り抜け方っていうのは、とても正確に、きっちりこなさなきゃだめなんだよ』

それがザザの無情な答えだった。

『通り抜ける道筋といっしょに、通り抜ける早さってのも決まっててね。あんまり早く走り抜けると、目的地とぜんぜん違う場所に吐き出されちまう危険がある。それこそノスフェラスの果ての果てとかね。だからウーラも、今以上に速度を上げることはできない。あたしもウーラも、こんなとこ早く出たいのはやまやまだけど、どうしようもないんだよ』

為すすべもなくスカールは唸った。手綱を強く取り直し、微光をおびるウーラのたくましい首の上に身を倒す。

ウーラは震え、蹄を鳴らし、馬の口から天地を震わす狼の咆吼を放った。

一瞬亡霊どもは静まり、濃密な気配がつかの間薄まったが、また前に倍する勢いで戻ってきた。誘惑と脅迫が交互に繰り返され、えもいわれぬ美しさと臓腑をえぐられる無惨が入れ替わりたちかわり目の前に現れた。

そのどれからもスカールは懸命に目をそむけ、スーティの幼い目と耳をふさぎ、波立つ心をモスの草海を思い浮かべることで静めようとした。

（モスよ、われらに命を与えし草原の神よ、俺にとはいわぬ、この罪もない幼子に恩恵を垂れたまえ、汚れた亡霊どもの声から逃れせしめたまえ、モスよ、わが神よ！）

波濤のようにすさまじく打ち付けてきていた攻撃の波がとつぜん止んだ。

スカールはしばし、信じられぬ思いでかたく目を瞑《つぶ》ったまま、果たして亡霊どもがあきらめたのか、それともようやく非人境なる亡魂の地を離れて、まともな地に足を踏み入れることができたのかといぶかった。

腕の中でスーティが身じろぎした。

誘われるようにスカールは身を起こし、闇の中に光を背にして立っている一つの姿を目にして、呆然とした。

「――リー・ファ……！」

3

それは確かに彼女だった。リー・ファ、イシュトヴァーンの刃からスカールを守って死んだ、愛しい女。

黒くつややかな髪も、赤い唇も、浅黒い肌も黒い瞳も、しなやかな猫めいた体つきもそのままに、リー・ファが、ありし日のままの姿で、微笑みながら行く手に立っていた。

「リー・ファ、お前か。本当にお前なのか――」

一瞬、スカールは何もかも忘れた。手から手綱が落ち、剣をつかんだ拳がゆるんだ。彼女を失ってからくぐり抜けてきたさまざまなことが脳裏を駆けめぐり、すでに遠い日のこととなった幸福な思い出が、薔薇色の雲となってその上に覆いかぶさった。

リー・ファは微笑しながら手をさしのべ、こちらへ来てというように、蠱惑《こわく》的な独特の仕草で差し招いた。糸で引かれるように、スカールの腰が鞍から離れかけた。

『しっかりおしよ、草原の鷹!』

わめき声と一緒に、バタバタはばたく黒い羽根の塊が頭上に落下してきた。

猛烈な苛立ちと憤怒にかられ、そいつをつかんで投げ捨てようとしたスカールは、あやういところでそれが誰か、何者であるかを思い出した。大鴉のザザ。黄昏の国の女王。

『ここは非人境だ、亡霊たちの国だ、忘れたのかい』

スカールの拳に掴まれたまま、ザザは翼を乱してカーカーとわめきたて、羽根をまき散らして暴れた。

『あんたの連れ合いはこんなところでふらついてるような女なのかい。ここは生きてるときに半端をやらかして、死んでからも半端な執着から離れられずによたついてる阿呆どもの国だよ。あんたの連れ合いともあろう女が、こんな奴らといっしょになってよたよたふらついてるなんてことがあるものかい。目をお覚ましな、鷹！　あれも奴らの手管の一つだよ、気をしっかりお持ち！』

横面を強く張られたほどの衝撃だった。スカールはあらためて手綱を握りなおし、眼前のリー・ファの姿を見直した。見れば見るほど生き生きとして、本物のリー・ファとしか思えないその幻影は、なぜ駆けつけて自分を抱いてくれないのか、以前のように激しく口づけてくれないのかと怨ずるように、招く仕草を繰り返している。

「幻影だ」

スカールは言った。相手にではなく、なおも意志をはずれて亡き妻のもとへ駆けだそうとする身体を押しとどめるためであった。

「貴様は幻影だ。リー・ファがこんなところにいるはずはない。亡霊どものまどわしになど乗ったりするものか。あれは幻影だ。幻なのだ」

しかし腕は懐かしさと愛おしさにひりついた。長いさすらいの傷を愛する女の腕で癒したいという欲求は強烈だった。腿が痛み出すほど強くウーラの胴体を挟みつけ、飛び降りようとする自分の身体を鞍上にくくりつけておくしかなかった。

「母さま……」

かぼそいスーティの言葉に冷水を浴びせられたような気がした。

スーティはいつの間にか頭をあげて、スカールにはリー・ファの姿にしか見えない幻影を食い入るように見つめている。

『スーティ？』

ぎょっとしたようなザザの声が耳に届いた。

『スーティ、どうしたの、あんなもの見ちゃいけない、目を閉じておいで、鷹にしっかりつかまっていなきゃ』

「スーティ、どうした、落ち着け。じっとしていないと危ない」

スカールもはっとして子供を抱え直そうとした。

「母さま。母さま、スーティの母さま」

するりと小さい身体がスカールの腕を抜けた。

あわてて服の裾を摑んだが、スーティはいやいやをするように身をよじって、鞍から滑り降りようとする。視線は女の幻影に吸い寄せられたまま動かない。

「母さまなんでこんなところにいるの？　スーティのことおむかえにきてくれたの？　母さま、スーティのことよんでる。スーティ、母さまとこいかなきゃ」

「いかん！」

一気に頭の霧が晴れた。

ではあの幻影は、スカールにはリー・ファに、スーティには別れた母フロリーの姿に見えているのだ。

そんなものが、本物であるはずがない。

追憶にとらわれ、あやうく亡霊のまどわしに屈するところであった自分をスカールは叱した。もがいて逃れようとするスーティを腕にかかえ込み、しっかり鞍に座らせようと格闘する。

「スーティ、落ち着くのだ、こんなところにお前の母はおらん。母ならばブランとイェライシャがヤガへ探しに行ってくれているではないか。あの二人が必ず母を連れて戻ってくる、こんなところで会うはずがない」

「やだ、母さま！　スーティ、母さまとこいく！　いくの！」

わっと声をあげてスーティは泣きだし、子供なりの力を振り絞って暴れはじめた。

年のわりには賢く、聞き分けもよいスーティではあるが、亡霊どものたてつづけの脅しにやはり怯えていたところへ、怪物にさらわれて安否もわからぬままの母の姿を見せつけられて、幼い子供の心が耐えられるはずもなかった。

「母さま！　はなして、スーティ母さまとこいく、いくの、いくったらいくの！　母さま、母さま！」

『駄目だよ、押さえて、鷹！』

ザザの焦った声が聞こえた。

スカールは力のかぎりスーティを抱き留めようとしたが、必死の力を振り絞った子供は猫のようにスカールの腕をくぐり抜け、ウーラの背から滑り降りた。

「いかん、スーティ、止まれ！」

「母さま！」

ふっくらした頬に涙を伝わせてスーティは駆け出そうとした。のばした指先が、一行を囲んでいたザザの羽根と星の光の円陣に触れた。

水晶のひび割れるような音がした。

スーティはきゃっと声を上げて後ろに転がり、わずかに遅れてウーラから飛び降りたスカールに素早く抱き上げられた。

『ああ、ああ、ああ』

ザザがぐるぐる飛び回ってわめきたてている。

『あたしの防壁が！　結界が壊れちまった！　気をつけて、鷹、やつら、襲ってくるよ！』

ウーラのたてがみの編み込みが音を立ててはじけ、結びつけられていた水晶や花や鈴が輝きを失って散らばった。かっちりと編み込まれていたたてがみは一気にほどけて宙に舞い、同時に、ウーラと一行を包んでいた蒼い燐光も消えた。

突然スカールは、ほとんど掴めそうなほどに濃密な気配と暗黒に塗り込められた周囲を意識した。すさまじい数の亡魂どもが、生きた肉体を求めて、すきまもなく蝟集《いしゅう》していた。

女の幻影はまだ立っている。抱え上げられてもまだ必死にもがいていたスーティが、身をひきつらせて鋭い悲鳴をあげた。闇の中から延びてきた灰色の触手めいた腕が、スーティの足をつかんでいる。

スカールは剣を抜いて打ち下ろしたが、刃はむなしく通り抜けた。嘲笑がどっとあたりをゆるがした。

（無駄だよ）

（無駄。無駄無駄）

（われわれには肉体がない。物質世界の武器で断ち切れるようなものなどわれわれには

ない）

（身体をよこせ。肉体をよこせ）

（捕まえた。これは俺のものだ）

（あたしのものよ）

（違う、わしのものだ）

（俺の）

（あたしの）

（我の）

（俺の、わしの、あたしの、わたしの、妾の、余の、我の……）

冷たい汗がどっと噴きだして全身を氷に変えた。

「スーティ！」

スカールはとびつくようにスーティを抱え込んだ。泣きじゃくるスーティを腕にかばい、必死に剣を振り回す。

だが闇雲に剣を振り回しても、相手は霧を切っているようなもので、何の手応えもないままふわふわと分かれてはまた融合してしまう。何本もの死者の手に手足といわず身体といわず摑まれて、スーティは泣き叫んでいた。

ウーラが一声吠えると、一瞬にして狼の姿に立ち戻った。強靱な爪と牙で襲いかかり、巨大な四肢で踏みつけ、体当たりし、亡霊どもの壁を打ち崩そうとする。

さすがに狼王の攻撃には亡魂どもも多少はひるんでふわふわと漂い散ったが、数が多すぎた。ウーラがどんなに奮闘しても、いくらでも亡霊は現れるのだ。その数には、まさに際限がなかった。空気そのものが死臭のする亡霊たちに変わってしまってでもいるようだった。

スーティとスカールを実体がないのにすさまじい力を持つ手で、自分たちの方へ引き寄せようとする。灰色の手は冷たく重く、まさに死そのものだった。触れられたところから生命が吸い取られていくようで、スカールは襲ってくるめまいに懸命に耐えた。

『おさがり！　おさがりったら、この薄汚い幽霊どもが！』

ザザはギャアギャアわめきながら亡魂どもの上に急降下してはつついたりひっかいたり奮闘しているが、ウーラでも足りないものを、いかに黄昏の国の女王とはいえ、鴉一羽が撃退できるはずもない。

女の幻影は作り物の微笑を浮かべたまま、まだ遠くでスカールたちを差し招く動作を繰り返している。

（うるさい）

（うるさいよ、ザザ）

（黄昏の国の女王たって、しょせんは妖魔）

（グィンはここにいない。あんたにはなんの力もない）

（大事なグィンに忘れられた、かわいそうな鴉の女王様）

（命令するんじゃないよ。馬鹿にしやがって）

（どうせあんたに、あたしたちに偉そうにする権威なんてないくせに）

（身体をよこせ……肉体をよこせ）

（温かい肉の器をよこせ。生命をよこせ。人生をよこせ）

（よこせ。よこせ。よこせ）

（よこせえええええ）

無駄と知りつつ剣を振り回しながら、スカールはスーティを夢中で胸に抱き込んだ。怯えきったスーティは泣きじゃくりながら首にすがりついてくる。おかげで腕が自在に動かせず、自分の身体に巻きついてくる死者たちの手を振り払うさえままならない。

脚が崩れて、スカールはがくりと地面に片膝をついた。

（さあ、あきらめてその子をこっちに渡しちまいな）

（そうすりゃあんたは見逃してやってもいい……どうもあんたの肉体は魔道のにおいがする。臭いからな）

（やわらかくて熱い子供の血……若々しい肌とこれから待っている長い人生……ああ）

（およこし、その子を。そうすりゃあんたたちは通してやる）

(渡すんだ、その子供を)

(渡せ)

(およこし)

(渡さぬならば共倒れだぞ)

「一切合切、お断りだ」

スーティをしっかりと抱いたまま、スカールはふらつきつつ立ち上がった。そばへひらりと回り込んできたウーラに背を預ける。生きた物のぬくもりと血の通った筋肉の感触が心強かった。

「この子はけっして貴様らなどには渡さん。俺のもだ。半分死んでいるこの身体に価値があればだがな。だが価値があろうとなかろうと、俺にはまだやるべきことがある。貴様らのくだらぬ欲望につきあっている暇などない。さがれ、亡者ども。われわれに触れるな」

返ってきたのはいやらしい含み笑いの波だった。灰色のひしめく影が夜の草原のようにゆらめいた。

(では、両方ともいただくとするか、生者よ)

(そしてあとは)

(山分けだ)

灰色の影の渦がどっと盛り上がった。そのはるか向こうで、愛した女の、または救うと約束した女の姿をした幻影がまだ愚かしい笑みを浮かべて立ちつくしていた。

ウーラが低く唸って身構え、ザザが嘴を打ち鳴らして何か古い言葉でわめいた。

スカールは萎えた腕に懸命に力を奮い起こし、スーティをしっかり抱えなおして、刃をまっすぐに立て直した。

まばゆい光が灰色の海に一閃した。

亡霊どもは金属のきしるような声を上げて二つに裂けた。光に直撃されたあたりの十数体は消滅し、塵と灰となって崩れ落ちた。

スカールはまばゆさに目を閉じ、何が起こったのか理解できず、剣を闇雲に振り回した。スーティが驚きの声をあげるのがかすかに耳に届いた。

瞼の裏で光と影が明滅し、さだかならぬ幻影が右往左往した。ウーラが高らかな吠え声をあげ、身震いして、亡霊どものまっただ中にまっしぐらに飛び込んだ。

光は次々と雨のように降り下った。死の草原を洗い流す生命の雨だった。雷霆《らいてい》のごとく容赦なく、泉のように清冽だった。

いまだにいつわりの笑みをはりつけたままの幻影の女が、光の一撃で砕かれるのをスカールは目のあたりにした。くらんだ目を擦って、スカールは光の飛んでくる方向を見定めようとした。

馬にまたがった背の高い姿が光をまとって立っていた。輝かしい草原の朝に、最初にさしてくる朝のようにすがすがしい姿だった。

黒髪が風になびき、赤い唇はいたずらっぽい笑みを浮かべていた。瞳は黒く鋭く、敵を見据えて爛々とひかっている。しなやかな両手に短弓をかまえ、満月のごとく引き絞る。

放つ。

目にも留まらぬ光の矢は一つとして狙いをあやまたず、亡霊どもは泣き声をあげて逃げまどっていた。算を乱した怨霊どもの背中にウーラが襲いかかり、牙で引き裂き、押しつぶし、爪で八つ裂きにしていた。塵になって飛んだ亡霊はそれでもすすり泣きと怨嗟の声をもらしながら流れてゆき、非人境のさだかならぬ薄闇の中へと消えていく。

スカールは動けなかった。剣を手にしたまま、彫像と化したかのようにその場に立ち、口をなかば開いて馬上の者の姿を見つめていた。

はるか昔、はるか遠い場所で、馬を並べて駆けた者がそこにいた。あの頃と同じく生気に満ちて愛らしく、猫のように怖いもの知らずで、生まれたばかりの子犬のように快活だった。なぜあの幻影とこの女を取り違えることができたのかが今では不思議に思えた。

「リー・ファ……」

自然にその名が唇をもれた。

「リー・ファ！　――リー・ファ！」

そう、それは確かに彼女だった。リー・ファ、アルゴスの黒太子が愛した妻、イシュトヴァーンの手により異郷で若い命を散らすこととなったアルゴスの草原の娘。

その彼女がさっそうと馬にまたがり、わが夫に這い寄ろうとする亡霊どもを次々と光の矢で打ち払っている。いつも彼のかたわらで戦うときに見せていたたのしげな微笑を唇にのせ、器用な指先は正確に敵の急所を次々と射抜いていく。

（死ぬまで、一緒、死んでも、一緒――）

スカールの脳裏にあの日のことが鮮やかによみがえった。ノスフェラスから病身を引きずって戻る途上、ついにグル族隊を解散し、本隊から離れて海路を目指すことを決断したあの一夜を。

（リー・ファを追い払いたければ、太子さまが本当にリー・ファをきらいになるだけよ）

（太子さまが死ぬようなことがあれば、リー・ファはすぐ、あとを追って刃に身を投げる）

（リー・ファが先に死ねば、リー・ファは幽霊になって戻ってきて、太子さまを守る――）

「おお、リー・ファ」

スカールは囁いた。いつしかその頬を、滂沱《ぼうだ》と涙があふれて伝っていた。

「お前、来たのか。本当に来てくれたのか。リー・ファ、リー・ファよ。俺の妻よ。俺の、永遠に愛する女よ」

（二人で、アルゴスにかえろう。必ず、また二人で草原を馬でかけるんだ）

自分の声がそう言うのを、記憶の中でスカールは聞いた。けっきょく果たされることはなかった約束だった。草原ははるか遠く、スカール自身もまた、あの時のスカールとは遠くへだたってしまった。

だがそれでも、リー・ファはやってきたのだった。危地に陥った夫を守るために。愛した男を守るために、草原の女として、アルゴスの黒太子の妻として、りりしい騎馬姿でこの亡霊どもの地に降り立った――

いつか、あたりはしんと静まりかえっていた。

ウーラが大きな桃色の舌で舌なめずりしながら戻ってきて、再びスカールのそばに立った。ザザが翼を鳴らして降りてきて、何も言わず、スカールの肩にとまった。

亡霊どもの群れは、もはやどこにも存在しなかった。

白い歯をみせて、満足そうにリー・ファは笑った。

見慣れた仕草で手にした弓をおろして背中に背負い、かろやかに馬首をかえして、再び背後の光の中に歩み去ろうとする。

「リー・ファ！」

こらえきれずにスカールは叫んだ。

「待ってくれ、リー・ファ、一言でいい、声を聞かせてくれ。こちらへ来て、お前を腕に抱かせてくれ、リー・ファ！　リー・ファよ！」

馬の歩みを止め、肩越しにリー・ファは振り向いた。

細い眉は愛と悲痛の入り交じった複雑な感情に寄せられ、黒い瞳が涙にうるんだ。

その唇が動くのが見えた。

スカールは必死に声を聞き取ろうと耳をすませた。だがなんの言葉も、その断片すら聞き取ることができなかった。

唇を閉じたリー・ファは心残りを振り払うように背を向けると、黒髪をなびかせ、まばゆい草原の朝の光を全身にまとって、再び、モスの天の草海めざして駆け去っていった。

光が消え、静かな薄明が非人境に戻ってきた。

亡霊たちが去ったいま、そこを支配するのはただ沈黙と空虚のみだった。膝をついてスカールは嗚咽した。赤い街道の煉瓦を涙がぬらした。

「リー・ファ、リー・ファよ」

流れやまぬ涙のあいだからスカールは呟いた。

「お前には俺がどう見えた。魔道に支えられて生きた屍の身体を引きずっているこの俺を。もうアルゴスの黒太子ではない、お前と愛し合ったあの時のスカールとは変わってしまったこの俺は、いったい、お前の目にはどう見えた。それでも俺を愛すというのか、リー・ファ。このような忌まわしい土地にすら下るほどに、あの日の言葉のために──」

「──って、いったよ」

はっとしてスカールは腕の中のスーティを見下ろした。それまで、ほとんど抱いていることすら忘れていたのだった。

スーティの頬もまた涙で汚れていたが、目を赤くし、鼻をすすりながらも、スーティは幼い目をりんと見張ってスカールを見上げていた。

そのまっすぐな瞳は、奇妙にリー・ファを思い起こさせた。奔放な草原の少女だったリー・ファ、初めて出会ったころの無邪気なリー・ファの目を。

「あのおんなのひと、スーティにいったよ。──『たいしさまのこと、よろしくね』って」

スーティは言った。子供の率直さと力強さで、宣言するように。彼は背伸びして腕を伸ばし、涙でべとつく頬をスカールの頬にくっつけた。

「だからスーティ、おいちゃんのことまもるよ。あのひと、ずっとずっとまってるって、おいちゃんのこと。くさのうみでまた、いっしょにうまにのってはしれるときをまってるって、だから、なかないでって。ずっとずっと、リー・ファは、たいしさまといっしょだから、って」

「本当か」

幼い子の肩にすがるように両腕をまわして、うめくようにスカールは言った。

「本当に、そう言ったのか、スーティ」

「スーティ、うそなんてつかないよ」

ぷっと口をとがらせて、スーティはスカールに抱かれたまま背筋を伸ばした。

「おいちゃんのところへこられなくて、とってもかなしそうだったよ。でもはなしかけることも、さわることもできないんだって。それがきまりなんだって。だからスーティにおねがいするんだって。たいしさまのこと、まもってあげて、リー・ファのかわりにって。そういったよ。だからスーティはつよくなって、おいちゃんのこと、まもってあげる。だってあのおんなのひとと、やくそくしたもの、スーティ」

言葉もなくスカールはうなだれた。両目からはまた熱い涙がとどめようもなくこぼれ落ち、顎からスーティの黒い巻き毛にも滴った。

ウーラが慰めるように小さくクーンと鳴いて、二人の頬をなめた。スーティは狼王のたくましい肩を撫で、ふさふさした毛で、もはやどちらのものかわからない涙を拭いた。

『さあ、前を向いて、先へ進む時間だよ』

それまでじっと口をつぐんでいたザザが、声をあげた。

『非人境はもうおしまい。ごらん、そこに、現実世界が見える。あそこがフェラーラ、かつては魔都と呼ばれ、いまは廃墟と化した、人と妖魔の住む都のあった地だよ』

曇る目から涙を押しぬぐい、スカールは頭をあげた。

はるかに続く赤い街道の数歩先で、灰色の薄明は溶けるように藍色の夜につながっていた。

空には見慣れぬ配置の星が光り、なかば欠けた月が中天にかかっている。そこここの木陰には人家らしき屋根の影がいくつか、暖かく黄色い灯火とともに見えた。

「ゆこう、スーティ。ザザ、それにウーラ」

すべての思いを振り払い、スカールは大きく息を吸って立ち上がった。

塵と灰の臭いに満ちていた肺に、薄荷《はっか》の味のするさわやかな冷たい夜気がさっと流れ込んできて、悲しみと追憶の痛みをともに洗い清めた。

「俺たちを待っている者があそこにいる——そうなのだろう、黄昏の国の女王、大鴉のザザよ?」

あとがき

一三三巻に引き続きこんにちは、五代ゆうです。

今回もあちこちでいろんなことが起こっております。いろんな人がいろんな思惑でそろそろと動きはじめていたり、（いつものように）思いがけずかなり初期の伏線を拾うことになったり、なつかしいあの人やおなじみのあの人がああなったりこうなったりしておりますが、楽しんでいただければ幸いです。

私はどうやら男装して戦う女性がお気に入りで、振り返ればこれまで書いたどの作品にも必ず男装の女性が出てきてちょっと驚くのですが（思い返せばデビュー作からして女傭兵が主人公だった）リギアがたいへん書きやすいのは、やはり彼女が男装（ではないときもあるけど）の女戦士である点もあるのかと思います。キャラクターとしてはグインは別格としても、イシュトヴァーンがずっと当初からお気に入りではあるのですけども。

でもって、モブからいつのまにかレギュラーに進出したアッシャもどうやら男装少女の仲間に入りそうです。別にかわいくておとなしい女の子が嫌いなわけではないんですけど、そういう女の子は自発的に行動起こしたりとかあまりしてくれないので、書いてつい活発に動くほうの女の子にしてしまうらしい。

彼女はまったくもってまだまだ成長途上の女の子ですので、私自身も彼女の行く末を楽しみにして見守っていきたいと思います。どちら様も、あらためてよろしくお願いいたします。


私事で恐縮なんですが、この一年ほど、ずっと身体がだるくてだるくて、起きているより寝ている日の方が多くて、原稿も布団にポメラを持ちこんでぽちぽち書いていたりしたのですが、十月、急な腹痛と吐き気で、生まれてはじめての救急車体験をいたしました。

結果、あわせて十センチ超の卵巣のう腫と子宮筋腫が発覚しまして、年明けに手術する予定で調整していましたら、このあとがきを書く前々日に、再度腹痛と吐き気に襲われまして、二度目の救急車に乗りました。

結果、とりあえず痛みは治まったので、手術を早めることにしていったん帰ってこれたのですが、いやもう、一時はあとがき書けないかと思った……前の時に先生に「次起こったら緊急手術だからね」と脅かされていたのですよ。とほほ。

にしても、十年ほど前に甲状腺がんをぶちかました時、郭清《かくせい》した転移リンパ節の病理学写真を記念にカラーコピーしてもらったのですが（先生には「なんでそんなもん欲しがるんだこの人」という顔をされたけど）、あれですね、悪性のモノってもう見るからにダメというか、アカン系のオーラをむんむんまとっているものですね。なんかこういかにも「あ、こりゃダメだわ」と思わせるものすごいドドメ色をした肉塊がどむーんと鎮座していまして、なるほど確かにこんなのが体内に居座ってたら身体に悪いわ、と変に感心してました。

で今回、ネットとかでいろいろ子宮筋腫について調べていて、摘出された筋腫やのう腫の写真も見たりしたのですが（まあ他人様のものだけど）前に見た自分のリンパ節にくらべるとずいぶんきれい、というか、普通のお肉っぽいというか、スーパーでパックされてる皮なしの鶏肉みたいというか（すいません）。

うわあさすがに良性腫瘍って見た目からして悪性のと違うんだなあ、とこれまた変な感心をしております。あれですよ、お肉屋さんのタンとかハツとかあんな感じ。まあそういうのが自分のハラにも今入ってるわけですけども、妙に感慨深いものがありますな。

モッって人間でもモツなんだねえやっぱり。当たり前ですけど。
トシもトシなんでもう子供にも用ないですし、あっさり全摘出してすますんですが、
まあ今回もせいぜいてめえのモツの記念写真でももらって供養するつもりでおります。
って言ったら友人にモツ言うなって怒られたけどだってモツやん……

とりあえずは早いとこ手術がすんで体調が戻ることを願っております。ここ一年の体調不良はおそらく半分かたこいつのせいみたいなので。

で、今回もすさまじく原稿が遅れました担当の阿部様申しわけありません……。スッキリしてきれいな身になったらたぶんもうちょっとスピード上がる（と思う）のですがんばります。はい。ほんとに。マジで。

設定チェックの八巻様はじめ、他の方々にも迷惑かけっぱなしですみません……なんとかお話でお返しできていればいいのですが。


さてまた次は宵野ゆめさんの売国妃シルヴィアの続きとなります。

ケイロニアも不穏、パロも不穏、ゴーラもヴァラキアもキタイもヤガもあっちこっち不穏、とどんどん暗雲広がる中原世界ですが、なんとか明るい光さす瞬間まで、一歩ずつ歩いていきたいと思います。今後ともおつきあい願えれば幸いです。

GUIN SAGA

世界最大のファンタジイを楽しむためのデータ&ガイドブック

グイン・サーガ・ハンドブック Final

栗本薫・天狼プロダクション監修／早川書房編集部編

（ハヤカワ文庫ＪＡ／９８２）

30年にわたって読者を魅了しつつ、130巻の刊行をもって予想外の最終巻を迎えた大河ロマン「グイン・サーガ」。この巨大な物語を、より理解するためのデータ&ガイドブック最終版です。キレノア大陸・キタイ・南方まで収めた折り込みカラー地図／グイン・サーガという物語が指し示すものを探究した小谷真理氏による評論「異形たちの青春」／あらゆる登場人物・用語を網羅・解説した完全版事典／1巻からの全ストーリー紹介。

早川書房

GUIN SAGA

グイン・サーガ外伝24

リアード武俠傳奇・伝

牧野 修

天狼プロダクション監修（ハヤカワ文庫JA／1090）

村中の人間が集まると、アルフェットゥ語りの始まりだ！　豹頭の仮面をつけたグインがゆっくりと登場する。そこはノスフェラス。セム族に伝わるリアードの伝説を演じるのは、小さな旅の一座。古くからセムに起こった出来事を語り演じるのが生業だ。しかしその日、舞台が終わると役者の一人が不吉な予感を口にして身を震わせた。それは、この世界に存在しないはずの、とある禁忌をめぐる数奇な冒険の旅への幕開けだった。

早川書房

著者略歴　1970年生まれ，作家　著書『アバタールチューナーⅠ～Ⅴ』『パロの暗黒』『魔聖の迷宮』（早川書房）『はじまりの骨の物語』『ゴールドベルク変奏曲』『〈骨牌使い〉の鏡』など。

HM=Hayakawa Mystery
SF=Science Fiction
JA=Japanese Author
NV=Novel
NF=Nonfiction
FT=Fantasy

グイン・サーガ⑬⑤

紅《くれない》の凶星《きようせい》

〈JA1179〉

二〇一五年一月二十日　印刷
二〇一五年一月二十五日　発行
（定価はカバーに表示してあります）

著者　五代《ごだい》ゆう
監修者　天狼《てんろう》プロダクション
発行者　早川浩
発行所　株式会社　早川書房

郵便番号　一〇一－〇〇四六
東京都千代田区神田多町二ノ二
電話　〇三－三二五二－三一一一（大代表）
振替　〇〇一六〇－三－四七七九九
http://www.hayakawa-online.co.jp

乱丁・落丁本は小社制作部宛お送り下さい。
送料小社負担にてお取りかえいたします。

印刷・株式会社亨有堂印刷所　製本・大口製本印刷株式会社

Printed and bound in Japan
ISBN978-4-15-031179-7 C0193